Daniel Kowalsky

Käpten Sturm

Der Schatz der Nebelberge

SCM

Stiftung Christliche Medien

SCM ist ein Imprint der SCM Verlagsgruppe, die zur Stiftung Christliche Medien gehört, einer gemeinnützigen Stiftung, die sich für die Förderung und Verbreitung christlicher Bücher, Zeitschriften, Filme und Musik einsetzt.

MIX
Papier aus verantwortungsvollen Quellen
FSC® C014496
FSC www.fsc.org

Max-Eyth-Straße 41 | 71088 Holzgerlingen
Internet: www.scm-verlag.de; E-Mail: info@scm-verlag.de

Umschlaggestaltung: Sybille Koschera, Stuttgart
Titelbild und Illustrationen: Elke Broska, Wiesbaden
Satz: Katrin Schäder, Velbert
Druck und Verarbeitung: GGP Media GmbH, Pößneck
Gedruckt in Deutschland
ISBN 978-3-417-28948-0
Bestell-Nr. 228.948

DANIEL KOWALSKY
ELKE BROSKA (ILLUSTRATION)

KÄPTEN STURM

DER SCHATZ DER NEBELBERGE

SCM

Inhalt

Lenny

11 Jahre alt

Ruhiger als seine Schwester Anne

Er kann sehr schnell rennen und weit springen, aber ganz schlecht Bälle werfen.

Anne

8 Jahre alt

Lieblingsfach: Deutsch

Hassfach: Mathe

Obwohl sie oft mit ihrem Bruder Lenny streitet, hält sie immer zu ihm, wenn es drauf ankommt.

Wilbert Boynen Sturm
Kapitän der Esmeralda
21 Jahre alt
Beste Freunde:
Seebär und Brummel

Safira Alminetti
11 Jahre alt
Artistin
Sie hasst es, das Schiffsdeck zu schrubben.

VORGESCHICHTE

Zur Zeit der Seefahrer und Piraten

Igor atmete erleichtert auf. Er hatte es tatsächlich geschafft! Stolz schaute er auf den rubinroten Lederbeutel, den er soeben Graf Robos gestohlen hatte.

Gestohlen? Nein, er hatte dem Grafen, diesem Halunken, nicht wirklich etwas gestohlen. Es war eigentlich genau andersherum: Graf Robos hatte zusammen mit seinen Gefolgsleuten einen einzelnen Matrosen verprügelt und ihm diesen Beutel abgenommen. Und damit dieses Verbrechen nicht bekannt wurde, hatten sie den armen Kerl in eine Kutsche für Strafgefangene gesteckt. Diese Kutsche sollte ihn in den Kerker der Stadt Mellum bringen.

Der zwölfjährige Igor hatte alles genau beobachtet und kannte als Einziger die Wahrheit: Rudolf Schmidt, der Matrose, war unschuldig. Der wahre Übeltäter war Graf Robos von Mellum. Das konnte er bezeugen!

Die Worte des Grafen klangen ihm noch deutlich in den Ohren: „Endlich habe ich ihn, den rubinroten Lederbeutel! Ja, das Geheimnis der Familie Alminetti liegt jetzt in meinen Händen. Jetzt muss ich dem Räuberhauptmann Rakan nur noch die Holzkugel mit der darin versteckten Schatzkarte abkaufen. Und dann wird mich nichts mehr davon abhalten, den Schatz der Nebelberge zu finden!"

Der Graf hatte vor sich hin gekichert, bevor er weitergesprochen hatte: „Rakan hat glücklicherweise keine Ahnung, was für ein wertvolles Objekt er da geraubt hat. Vermutlich liegt diese Holzkugel schon seit Jahren irgendwo in seiner Schatzkammer herum – zwischen unzähligen anderen Sachen. Deshalb brauche ich Rakan nicht viel zu bezahlen und erhalte im Gegenzug einen riesigen Schatz. Ja, wenn ich nicht überall so gute Spione hätte, wäre ich niemals so reich geworden, wie ich es heute bin!"

Igor konnte zwar mit dem, was der Graf gesagt hatte, nichts anfangen. Aber eins war ihm klar: Er musste diesem Schurken den Beutel wieder abnehmen, um ihn dem rechtmäßigen Besitzer zurückzugeben.

Hochzufrieden hatte Graf Robos den Beutel in seine Manteltasche gesteckt und sich auf den Weg zu seinem Schloss gemacht. Igor war ihm gefolgt. Und als sich der Graf auf dem Fischmarkt durch eine dichte Menschenmenge drängte, hatte Igor sich an ihn herangepirscht und ihm den geheimnisvollen Beutel einfach aus der Tasche gezogen.

Das war vor drei Minuten gewesen, und jetzt wollte er so schnell wie möglich verschwinden. Hoffentlich hatte ihn niemand beobachtet!

Doch diese Hoffnung erfüllte sich leider nicht. Im selben Augenblick hörte Igor nämlich eine Marktfrau laut aufschreien. Sie starrte ihn an und zeigte mit dem Finger auf ihn: „Ein Dieb! Ein gemeiner Dieb!"

Sofort wandten alle Umstehenden ihre Köpfe und schauten den Jungen neugierig an.

„Das ist doch nicht zu glauben. Was für eine ungeheuerliche Frechheit! Stellt euch vor, dieser Junge da hat dem Grafen einfach etwas aus der Tasche stibitzt!"

Igor erschrak so sehr, dass er sich nicht mehr rühren konnte. Sein Herz raste. Was würde jetzt passieren?

Nun wurde auch der Graf auf ihn aufmerksam. Er drehte sich um, zog sein Schwert und machte ein grimmiges Gesicht.

Die Leute traten automatisch zurück und bildeten eine Gasse für den Grafen. Denn alle hatten Angst vor ihm; niemand wagte es, sich gegen ihn zu wehren.

Langsam ging Graf Robos auf Igor zu, begleitet von fünf seiner Spießgesellen. Igor hielt den Atem an ...

Käpten Sturm war gerade auf dem Fischmarkt der russischen Stadt Mellum, um Handelswaren einzukaufen. Durch das Geschrei der empörten Frau bekam er mit, was sich ganz in seiner Nähe abspielte. Er blickte auf den Jungen, der von böse dreinschauenden Männern umzingelt war. Einer von ihnen war besonders vornehm gekleidet und hatte sein Schwert gezogen.

Soll ich mich da einmischen?, überlegte Käpten Sturm rasch.

Aber nein, die Sache war ja eindeutig: Diese Frau hatte den etwa zwölf Jahre alten Jungen beim Stehlen erwischt. Er würde vor Gericht angeklagt werden und eine angemessene Strafe bekommen. Daraus würde er hoffentlich etwas lernen und in Zukunft kein Dieb mehr sein.

Käpten Sturm bezahlte den Fisch, den er ausgesucht hatte. Zwei kräftige Matrosen, die ihn begleiteten, hoben je drei übereinandergestapelte große Kisten hoch. Das taten sie so lässig, als würde es sich nur um ein paar Federkissen handeln. Dabei waren diese Kisten unheimlich schwer! Aber die beiden Matrosen waren auch bärenstark.

Im Hafen wartete bereits ein Ruderboot auf die drei Männer, es würde sie zurück zu ihrem Schiff *Esmeralda* bringen. In einer halben Stunde würden sie dann schon wieder auf dem Weg nach Hause sein, wo sie den hier erworbenen Fisch bestimmt mit gutem Gewinn verkaufen konnten.

Graf Robos schaute den Jungen zornig an und sprach mit fieser Stimme: „Du hast mich bestohlen – mich, den Grafen Robos von Mellum!"

Einer seiner Begleiter versetzte Igor einen heftigen Stoß. Danach packte er ihn am Arm und nahm ihm den Lederbeutel ab, den er sogleich dem Grafen übergab.

Igor konnte sich nicht wehren – gegen sechs erwachsene Männer hatte er keine Chance. Und er wusste, dass ihm kein einziger Bewohner von Mellum helfen würde. Denn alle fürchteten sich vor dem mächtigen Grafen.

Nun wurde Graf Robos' Stimme lauter – er schrie sogar so laut, dass man es auf dem ganzen Markt hören konnte: „Du hast mich bestohlen! Du bist ein Verbrecher! Und dafür wirst du hart bestraft werden! Sieh mich gefälligst an, wenn ich mit dir rede!"

Trotzig schaute Igor dem wütenden Mann direkt ins Gesicht.

Dessen Stimme überschlug sich jetzt beinahe. „Und damit jeder hier in Mellum ein für alle Mal weiß, welche Strafe auf Diebstahl steht, werde ich jetzt sofort das Urteil verkünden! Oder hast du vorher noch etwas zu deiner Verteidigung zu sagen?" Der Graf hielt inne und stieß ein höhnisches Lachen aus.

Da löste sich Igor aus seiner Erstarrung, er konnte plötzlich wieder reden. „Ja, natürlich will ich etwas sagen. Ich bin kein Dieb!", rief er laut. „Der wahre Dieb sind Sie!"

Der Graf starrte Igor mit feurigen Augen an. Wenn Blicke töten könnten, dann wäre Igor wahrscheinlich auf der Stelle tot umgefallen. Aber zum Glück ist ein böser Blick keine tödliche Waffe, so gefährlich er auch wirken mag.

Graf Robos stutzte, er überlegte blitzschnell. Dann steckte er sein Schwert wieder in die dazugehörige Lederhülse und fing schallend an zu lachen. Amüsiert hielt er den Beutel hoch, der sich kurz zuvor noch in Igors Hand befunden hatte. „Na klar! *Ich* bin der Dieb! Und diesen Beutel habe ich mir gerade selber aus der Tasche gezogen! Völlig klar!"

Alle um ihn herum brachen in lautes Gelächter aus.

Doch Igor ließ sich nicht beirren. Im Gegenteil: Er nahm jetzt allen Mut zusammen und beharrte auf seiner Aussage: „Ich habe Ihnen etwas weggenommen, was Ihnen gar nicht gehört. Dieser Lederbeutel gehört nämlich einem Matrosen mit Namen Rudolf Schmidt! Ich habe genau beobachtet, was geschehen ist: Sie und ihre Männer haben diesem Matrosen aufgelauert, ihn zusammengeschlagen und ausgeraubt. Dann haben Sie den Befehl erteilt, ihn verschwinden zu lassen. Sie sind der Dieb, Graf Robos, nicht ich!"

Dem Grafen klappte vor lauter Erstaunen der Unterkiefer herunter. So etwas hatte er noch nie erlebt! Da stand doch tatsächlich irgend so ein dahergelaufener Junge vor ihm und klagte ihn vor den Bewohnern seiner Grafschaft eines Verbrechens an. Woher nahm dieses Bürschchen nur so viel Mut und Entschlossenheit?

Aber eine derartige Aufsässigkeit durfte er auf keinen Fall dulden, sonst würden sich andere Leute womöglich noch ein Beispiel daran nehmen. Die Miene des Grafen verfinsterte sich und er erklärte: „Junge – du redest dich um Kopf und Kragen! Für diese freche Lüge musst du sterben, und zwar hier und jetzt."

Dann rief er laut: „Als höchster Richter der Stadt Mellum verurteile ich dich hiermit zum Tode. Das Urteil wird sofort vollstreckt!"

Igor schloss die Augen. War es jetzt um ihn geschehen?

Graf Robos zog erneut sein Schwert und reckte es hoch in die Luft, um zuzuschlagen.

Doch plötzlich ertönte hinter ihm eine energische Stimme: „Halt! Warten Sie!"

Verblüfft ließ der Graf die Waffe sinken und drehte sich um.

Ein gut aussehender Mann mit blonden Haaren und einem Kapitänshut auf dem Kopf trat ihm entgegen. „Ist es hier in Mellum so üblich, dass man einen Menschen einfach umbringt, ohne dass dieser die Möglichkeit hatte, sich richtig zu verteidigen?", erkundigte er sich höflich.

Der Graf runzelte die Stirn. „Wer bist du, Fremder, und wie kannst du es wagen, dich in unsere Angelegenheiten einzumischen?"

„Mein Name ist Käpten Wilbert Boynen Sturm. Sie haben gehört, was der Junge gesagt hat. Jeder hier Anwesende hat es gehört."

„Was dieser Lausebengel behauptet, ist eine freche Lüge. Dafür muss er sterben!"

Bevor der aufgebrachte Mann weitersprechen konnte, legte ihm Käpten Sturm freundlich die Hand auf die Schulter. „Ich verstehe Ihre Wut, Herr Graf. Aber Sie müssen doch zugeben: Wenn Sie den Jungen jetzt töten, könnten die Bewohner dieser wundervollen Stadt womöglich glauben, dass er die Wahrheit gesagt hat. Und es ist für Sie doch bestimmt eine Kleinigkeit, das Gegenteil zu beweisen."

Graf Robos wurde unsicher. Er schaute sich um und konnte an den Gesichtern der Leute ablesen, dass sie diesem Fremden zustimmten: Er sprach aus, was jeder dachte, aber niemand zu äußern wagte. Jeder Einwohner von Mellum wusste, dass Graf Robos skrupellos war und dass man ihm nicht trauen konnte.

Außerdem waren alle insgeheim von Igors Mut und Entschlossenheit beeindruckt, und seine Geschichte klang sehr überzeugend. Er sah wirklich nicht wie ein Lügner aus.

Graf Robos fluchte vor sich hin. Er war es gewohnt, immer recht zu haben. Wenn ihm keine guten Argumente mehr einfielen, regelte er die Dinge eben mit Gewalt. Schließlich war er der mächtigste Mann weit und breit! „Verschwinde von hier, Fremder!", brüllte er. „Der Junge lügt und ist ein gemeiner Dieb. Dafür muss er sterben."

Er hob sein Schwert und wollte zuschlagen.

Doch Käpten Sturm zog blitzschnell seinen Degen und fuhr dazwischen. Er wehrte Graf Robos' Schwerthieb so geschickt ab, dass dieser verblüfft einen Schritt zurückwich.

Diese Gelegenheit nutzte Igor zur Flucht. Er schlüpfte einfach zwischen den verdutzten Männern hindurch, die ihn umringten, und rannte davon.

Die Leute in der Menschenmenge machten ihm sofort Platz. Keiner wollte ihn aufhalten.

Igor lief auf eine Häusergruppe zu, die sich in der Nähe des Fischmarkts befand. Zwischen zwei Gebäuden gab es einen schmalen Spalt, und im nächsten Augenblick war Igor darin verschwunden.

Als Robos' Leute sich von dem Schreck erholt hatten, nahmen sie sofort die Verfolgung auf. Doch der Spalt, in den Igor sich gerettet hatte, war so schmal, dass sie sich nicht hineinzwängen konnten.

Schimpfend rannten sie um die Häusergruppe herum, um ihn auf der anderen Seite zu fassen. Doch der Junge war wie vom Erdboden verschluckt. Er hatte es tatsächlich geschafft zu entkommen!

„Da siehst du, was du angerichtet hast!", wandte sich Graf Robos empört an Käpten Sturm. „Dafür werde ich dich töten!" Er fuchtelte mit seinem Schwert herum und versuchte, Käpten Sturm damit zu durchbohren.

Doch der wich elegant aus.

Ein Raunen ging durch die Menge. Dieser Fremde war nicht nur mutig – er bewies auch, dass man ihn nicht unterschätzen durfte.

Aber der Graf ließ nicht locker. Er glühte vor Zorn und griff seinen Gegner mit wuchtigen Schlägen an.

Da setzte auch Käpten Sturm seinen Degen ein, sodass sich ein heftiger Kampf entwickelte. Man hätte meinen können, dass der junge Käpten mit seinem leichten Degen gegen das massive Schwert des Grafen keine Chance hätte.

Doch in Käpten Sturms Blick war keinerlei Angst zu erkennen. Nein, ganz im Gegenteil: Seine Augen blitzten vor Abenteuerlust. Wie ein Akrobat tanzte er um seinen Gegner herum und brachte ihn mit seiner grandiosen Fechtkunst fast zum Wahnsinn.

„Lassen wir es gut sein, Herr Graf, sonst geschieht Ihnen noch etwas!", rief Käpten Sturm schließlich und lachte vergnügt.

„Was soll mir schon geschehen, du Hund? Ich werde dich in Stücke hauen!", erwiderte Graf Robos erbost.

Robos' Männer waren inzwischen von ihrer vergeblichen Verfolgungsjagd zurückgekehrt und hatten den Kampf mit offenem Mund beobachtet. Dass jemand es wagen konnte, sich mit ihrem mächtigen Herrscher anzulegen, konnten sie kaum glauben. Deshalb hielten sie sich erst einmal zurück.

Doch jetzt meinte einer von ihnen, er müsse sich einmischen. Er trat von hinten an Käpten Sturm heran und zog sein Schwert.

Die Umstehenden schnappten erschrocken nach Luft. Diesen gemeinen Angriff konnte der mutige Fremde auf keinen Fall überleben.

Aber der schien sogar hinten Augen zu haben. Denn er holte blitzschnell einen langen Dolch aus der Tasche und fing damit den Schlag des zweiten Angreifers ab. Danach wirbelte er herum und stieß ihn mit seinem rechten Fuß so geschickt, dass er zusammensackte und liegen blieb.

Graf Robos witterte seine Gelegenheit und stürmte vorwärts, um Käpten Sturm endgültig zu besiegen.

Doch dieser wehrte die Attacke lässig mit seinem Dolch ab. Mehr noch – mit einer geschickten Bewegung seines Degens gelang es ihm sogar, Graf Robos das Schwert aus der Hand zu schlagen. Es fiel dem Grafen direkt vor die Füße, sodass er darüberstolperte und der Länge nach hinfiel.

Zwar wollte er sofort wieder aufspringen, aber er hatte seinen Gegner unterschätzt.

Denn Käpten Sturm schnappte sich ein robustes Fischernetz, das direkt vor seiner Nase an einem Verkaufsstand hing, und warf es über den Grafen. Bevor dieser reagieren konnte, hatte Käpten Sturm ihn darin eingewickelt, sodass er sich nicht mehr bewegen konnte.

Einige Beobachter fingen spontan an zu klatschen. Es war einfach unglaublich, mit welcher Leichtigkeit dieser Fremde mit seinem Gegner fertigwurde.

„Schluss jetzt!", rief Käpten Sturm versöhnlich. „Wir sollten es nicht übertreiben, Herr Graf. Wenn Sie einverstanden sind, trennen wir uns jetzt in aller Freundschaft!"

Anstatt auf dieses Friedensangebot einzugehen, fauchte Graf Robos: „Du bist wohl verrückt! Ich brauche meinen Leuten nur ein Wort zu sagen, dann werden sie dich in Stücke hauen!"

Er sah die übrigen vier Männer auffordernd an. „Wird's bald, ihr Faulpelze?"

Widerwillig gingen seine Leute auf Käpten Sturm zu. Es blieb ihnen nichts anderes übrig, als dem Grafen zu gehorchen, deshalb zückten sie ihre Degen.

Aber nun reichte es Käpten Sturm. Er zog eine Pistole und richtete sie auf die Männer, die ihn ungläubig anstarrten. „Lassen wir es einfach gut sein! Ihr habt verloren. Und jetzt Platz da!"

Mit diesen Worten spazierte er mitten durch die Menge hindurch und verschwand in Richtung Meer. Niemand folgte ihm.

Im Hafen erwarteten ihn bereits die beiden Matrosen, die die schweren Kisten getragen hatten. Sie grinsten übers ganze Gesicht.

„Denen hast du es aber gezeigt!", kicherte der eine, dessen Spitzname Seebär lautete. Er hatte einen Vollbart und trug eine lustige blaue Kappe mit gelben Tupfern.

Der andere – sein Spitzname war Brummel – fügte lachend hinzu: „Also, hier können wir uns künftig auch nicht mehr sehen lassen, nachdem du ausgerechnet den Grafen dieses lausigen Fischernestes verprügeln musstest!"

Brummel strich durch seine lockigen braunen Haare, die unter einer roten Kappe mit weißen Punkten hervorsahen. Dann fuhr er mit gespieltem Ernst fort: „Oder hättest du etwa Hilfe gebraucht?"

Käpten Sturm musste lachen. „Hilfe? Ach was! Es waren ja nur sechs bis an die Zähne bewaffnete Gegner, die mich beinahe zu Fischfutter verarbeitet hätten. Aber ich denke, letztlich konnte ich den Grafen und seine Spießgesellen mit ein paar schlagkräftigen Argumenten davon überzeugen, dass ich recht hatte."

Vergnügt ruderten sie zur *Esmeralda* hinüber, wo Käpten Sturm auch vom Rest der Mannschaft begrüßt wurde.

Jeder respektierte den erst einundzwanzig Jahre alten Kapitän und war bereit, mit ihm durch dick und dünn zu gehen. Ja, auf seine Mannschaft konnte er sich voll und ganz verlassen.

Käpten Sturm gab den Befehl zum Ablegen. Daraufhin zogen einige Matrosen das Ruderboot aus dem Wasser und verstauten es auf dem Schiff. Anschließend holten sie den Anker ein und hissten die Segel. Und nur wenige Minuten später segelte die *Esmeralda* Richtung Süden, der Heimat entgegen.

Keiner der Männer bemerkte, dass eine Person zu viel an Bord war.

1. Das dritte Logbuch

Heutige Zeit

„Endlich Wochenende!", rief Lenny am Freitagmittag erleichtert. Er knallte seine Schultasche in die erstbeste Ecke und holte sich etwas zu trinken. Dann warf er sich auf das gemütliche Sofa, das in der riesigen Küche vor dem Kamin stand.

Der elfjährige Lenny und seine achtjährige Schwester Anne lebten noch nicht lange an der Ostsee. Ihre Eltern hatten hier ein altes Schmugglerhaus gekauft, das sich mitten im Wald befand. Darin hatte vor vielen Jahren ein geheimnisvoller Kapitän gewohnt, der sich Käpten Wilbert Boynen Sturm nannte. Was er alles mit seiner Mannschaft erlebt hatte, war in mehreren Logbüchern aufgeschrieben.

Die beiden Geschwister hatten schon ein paar dieser Logbücher entdeckt und hofften, bald ein weiteres zu finden. Denn in diesem alten Haus wimmelte es nur so von Geheimgängen und merkwürdigen Verstecken. Manchmal musste man sogar ein Rätsel lösen, um auf den nächsten Hinweis zu stoßen ...

Opa Abraham hatte den Kindern bei dieser aufregenden Suche geholfen. Er konnte auch die altmodische Handschrift entziffern, in der die Einträge in den Logbüchern verfasst waren. Die ganze Familie freute sich, wenn er ihnen daraus vorlas. Dazu versammelten sich alle regelmäßig vor dem Kamin und verfolgten gespannt, wie Käpten Sturm die nächste Herausforderung bewältigte.

„Heute kommen Opa Abraham und Oma Sarah wieder von ihrer Reise zurück", murmelte Anne, die am Esstisch saß und malte.

„Wird ja auch langsam Zeit. Sie waren jetzt über eine Woche weg."

Anne warf ihrem Bruder einen verschwörerischen Blick zu. „Meinst du, Opa Abraham schafft es, die Tür zu dem Versteck zu öffnen?"

Die Kinder hatten nämlich einen Zettel entdeckt, auf dem beschrieben war, wo das dritte Logbuch stecken musste. Sie hatten alle Anweisungen genau befolgt und waren vor einer verschlossenen Tür gelandet. Leider wussten sie nicht, wie man das merkwürdige Schloss aufbekam, mit dem die Tür gesichert war.

„Pssst!" Lenny zog die Augenbrauen hoch und legte schnell seinen Zeigefinger an den Mund. Dann schaute er sich um: Hörte ihnen jemand zu?

Doch Papa war noch bei der Arbeit und Mama war am Herd mit der Zubereitung des Mittagessens beschäftigt. Da in der Küche leise Musik lief, würde sie nicht mitbekommen, was die beiden Kinder sagten.

„Klar schafft Opa Abraham das", erklärte Lenny nun zuversichtlich. „Er hatte vor der Abreise nur keine Zeit mehr dafür. Aber glaub mir: Er brennt genauso wie wir darauf, das nächste Logbuch zu finden. Bestimmt wird er sich gleich heute darum kümmern."

Stirnrunzelnd griff der Elfjährige nach einer Holzkugel, die auf dem Sofa lag. Er wog sie in der Hand, wie er es schon einige Male getan hatte, und überlegte laut: „Also, wir müssen davon ausgehen, dass diese Kugel irgendwie wichtig ist, weil wir sie in einer von Käptens Sturm Seefahrerkisten gefunden haben. Nur ist es uns bisher noch nicht gelungen, sie zu öffnen ..."

Er verstummte und zuckte mit den Achseln.

Anne schaute ihn fragend an. „Was willst du damit sagen?"

„Eigentlich nichts. Ich habe nur laut gedacht. Aber ist dir schon aufgefallen, dass diese alte Holzkugel innen leer sein muss?"

„Was meinst du mit ‚leer'?"

„Na, eben, dass gar nichts drin ist. Ich glaube, dass sich darin nur Luft befindet, sonst nichts."

„Das kann ich mir nicht vorstellen", widersprach Anne.

Lenny schüttelte die Kugel vor ihren Augen und übergab sie ihr anschließend. „Hier, probier es mal selber aus."

Nachdem Anne die Holzkugel vorsichtig hin und her geschwenkt hatte, kam sie zum gleichen Ergebnis. „Du hast recht! Da ist nichts drin, außer Luft. Aber wenn sie ohnehin leer ist – warum willst du sie dann öffnen?"

„Weil diese Kugel Safira gehört hat und weil sie es damals geschafft hat, sie aufzumachen. Was sie kann, müssten wir doch auch hinkriegen. Vielleicht sollten wir das Ding auch einfach mal auf den Boden werfen. So hat Safira die Kugel damals ja aufbekommen."

Lenny stand auf und hielt die Kugel hoch über seinen Kopf, um sie herunterfallen zu lassen.

Doch in diesem Moment läutete die Haustürglocke. Anne sprang sofort auf und ging in den Flur. Nach kurzem Zögern legte Lenny die Holzkugel beiseite und folgte seiner Schwester. Er konnte es ja später noch versuchen.

An der Haustür waren Opa Abraham und Oma Sarah.

Oma Sarah umarmte die beiden Kinder zur Begrüßung und eilte dann in die Küche. Dort übergab sie Mama einen frischen Salatkopf, den sie ihr mitgebracht hatte. Und weil Mama mit dem Essen noch nicht fertig war, krempelte Oma Sarah sofort die Ärmel hoch und half ihr.

Opa Abraham hingegen schaute Lenny und Anne geheimnisvoll an. „Es gibt Neuigkeiten!", verkündete er und zwinkerte ihnen zu.

Schnell stiegen alle drei die Treppe hinauf ins erste Stockwerk, marschierten durch den Flur und betraten Annes Zimmer.

Dort ließ Opa Abraham die Katze aus dem Sack: „Ich habe die Fotos von diesem geheimnisvollen Schloss in Hamburg einem Spezialisten gezeigt, der angeblich jedes Schloss auf der Welt kennt. Der war total begeistert und hat seine Archive danach abgesucht. Und wisst ihr, was er herausgefunden hat?"

Die Kinder schüttelten den Kopf und Opa Abraham sprach weiter: „Er hat absolut *nichts* herausgefunden. Er meinte, dass er so ein Schloss wie dieses noch nie in seinem Leben gesehen hätte. Und er wüsste auch nicht, wie man so etwas öffnet. Das Ding hat ja nicht einmal ein Schlüsselloch."

„Dann sind wir also genauso weit wie vorher", murmelte Lenny enttäuscht.

„Nein, nicht ganz. Denn auf dem Rückweg von Hamburg hatte ich eine Idee."

Erwartungsvoll blickten die beiden Kinder ihren Großvater an.

„Ich glaube, dass es sich gar nicht um ein Schloss handelt."

„Worum denn dann?", fragte Anne erstaunt.

„Um einen bestimmten Mechanismus. Damit man diese Tür aufbekommt, braucht man keinen Schlüssel, sondern nur die richtige Idee."

„Na ja, Ideen hast du ja eine ganze Menge", kicherte Lenny. „Dann würde ich vorschlagen, dass du dir alles noch einmal genau anschaust. Vielleicht kommst du ja dahinter."

„Das hoffe ich ebenfalls. Denn ich möchte unbedingt Käpten Sturms drittes Logbuch lesen."

Sie entfernten ein unscheinbares Brett in Annes Zimmer, hinter dem sich ein geheimer Tunnel verbarg. Er führte am Badezimmer vorbei zu Lennys Zimmer.

Doch anstatt in diesen Tunnel zu kriechen, wandte Opa Abraham sich nach rechts. Er nahm sein Taschenmesser und klappte ein Werkzeug heraus, das eine Bohrer-Spitze hatte. Damit drückte er, wie beim letzten Mal, auf einen ganz speziellen Punkt in der Wand.

Und schon hörten sie ein leises Klack. Die Wand klappte auf, sodass man in den dahinterliegenden Schacht gelangen konnte. Darin führte eine Leiter nach oben.

Zielstrebig kletterte Opa Abraham die Sprossen hinauf und erreichte kurz darauf einen geheimen kleinen Dachboden, der sich über dem eigentlichen Dachboden befand. Nach ein paar Schritten in gebückter Haltung stand er vor einer robusten Tür und blickte auf das Schloss – oder den Schließmechanismus, wie man's nahm.

Die nächsten zwanzig Minuten verbrachte er damit, diesen Schließmechanismus genau zu untersuchen.

Doch es gab nichts, was sich bewegen ließ. Und das kreisförmige, nur einen Zentimeter hervorstehende Schloss ließ sich auch nicht von der Tür lösen. Es bestand offenbar nicht aus Metall, sondern aus einem unglaublich festen Harz – was für ein über zweihundert Jahre altes Schloss sehr ungewöhnlich war.

„Es ist zum Mäusemelken!", rief Opa Abraham schließlich. „Ich krieg es einfach nicht hin!"

Frustriert verließ er den geheimen Dachboden wieder und kehrte in Annes Zimmer zurück. „Da ist einfach nichts zu machen. Ohne eine Beschreibung, wie man diese Tür öffnet, kommen wir dort nie hinein."

„Und wie wär's, wenn wir die Tür einfach aufbrechen?", meinte Lenny. So leicht wollte er sich nicht geschlagen geben.

Opa Abraham schüttelte den Kopf. „Zu robust – sowohl die Tür als auch das Schloss. Da müssten wir mit einer Axt ran. Aber es ist nicht einmal genügend Platz da oben, um richtig Schwung zu holen. Nein, es muss eine andere Möglichkeit geben."

In diesem Augenblick hörten sie von unten Mamas Stimme: „Das Mittagessen ist fertig. Kommt bitte!"

Es blieb ihnen also nichts anderes übrig, als dem Geheimgang den Rücken zu kehren und hinunterzugehen.

Während des Essens spielte Anne mit einem kleinen Gegenstand herum, den ihr eine Freundin geschenkt hatte. Sie hatte ihren Teller schon leer gegessen und wartete eigentlich nur noch darauf, dass die anderen auch fertig wurden. Das fand sie langweilig, aber Mama legte sehr viel Wert darauf, dass sie alle gemeinsam Schluss machten.

Plötzlich hatte Anne eine Idee. „Ich gehe mal schnell hoch zur Toilette."

Mama schaute sie an und nickte.

Anne verließ die Küche, stieg die Treppenstufen hinauf und marschierte schnurstracks zur Toilette. Nachdem sie fertig war, kehrte sie aber nicht an den Esstisch zurück, sondern schlüpfte schnell durch die Geheimtür in den Schacht. Sie kletterte nach oben und stand gleich darauf vor der verschlossenen Tür.

Nun nahm sie den Gegenstand heraus, den sie von ihrer Freundin bekommen hatte. Es war ein starker Stabmagnet.

„Einfach mal ausprobieren", murmelte sie, während sie die Spitze des Stabmagnets genau auf die Mitte des kreisförmigen Schlosses richtete.

Da hörte sie ein leises Geräusch. Was war das? Konnte es sein, dass ...?

Sie fuhr mit dem Magneten ziellos über die runde Fläche. Und auf einmal spürte sie, dass er von irgendetwas im Schloss angezogen wurde. Vorsichtig bewegte sie den Magneten nun nach oben und fühlte, dass sich im Schloss etwas mitbewegte.

Und dann sprang die Tür auf.

Annes Herz raste vor Aufregung. Sie hatte es geschafft! Sie hatte die Tür mit einem Magneten geöffnet. Was würden die anderen sagen?

Sollte sie allein in den geheimen Raum hineingehen und sich dort umsehen? Nein! Das wollte sie nicht. Opa Abraham, Lenny und sie hatten abgemacht, gemeinsam nach dem dritten Logbuch zu suchen. Außerdem musste sie schnell wieder an den Tisch zurück. Sie wurde sicherlich schon vermisst.

Annes Augen strahlten, während sie die Treppe hinunterlief, und sie kicherte vor sich hin. Aber dann beherrschte sie sich, damit die anderen sich nicht wundern würden. Genau wie sonst auch half sie dabei, den Tisch abzuräumen und das schmutzige Geschirr in der Spülmaschine zu verstauen.

Erst als alles fertig war, schaute Anne ihren Bruder und ihren Großvater geheimnisvoll an. „Ich habe eine Überraschung für euch", flüsterte sie ihnen zu.

Die beiden wirkten etwas irritiert, folgten ihr jedoch sofort in ihr Zimmer.

„Und was für eine Überraschung soll das sein?", fragte Lenny herablassend. Er konnte sich nicht vorstellen, dass seine kleine Schwester irgend etwas Besonderes zu bieten haben könnte.

Anstatt darauf einzugehen, wandte Anne sich an Opa Abraham. „Klettere mal nach oben!", bat sie.

Der war jetzt erst recht verblüfft. Was führte seine Enkelin nur im Schilde? Kopfschüttelnd betrat er den Schacht und kletterte erneut die Sprossen der Leiter hinauf.

Wenig später war von oben ein kurzer Aufschrei zu hören: „Das gibt es doch nicht! Anne, warst du das?"

„Was ist los?", rief Lenny in den Schacht hinein.

Doch anstelle einer Antwort fragte Opa Abraham begeistert: „Wie hast du das bloß hingekriegt, Anne? Das ist ja super!"

„Was hat sie hingekriegt?", drängte Lenny.

„Anne hat es irgendwie geschafft, die Tür aufzumachen. Stell dir das nur vor!"

Da hielt auch Lenny nichts mehr unten. Im Eiltempo kletterte er die Sprossen hinauf und warf einen Blick auf die geöffnete Tür. Anne folgte ihm auf dem Fuß.

Opa Abraham schaute Anne freudestrahlend an. „Noch einmal: Wie hast du das nur hingekriegt, Anne?"

Die hielt den Magneten hoch und sagte kurz: „Damit."

Opa Abraham schlug sich mit der flachen Hand gegen die Stirn. „Warum ist mir das nicht selber eingefallen? Ich glaube, ich werde alt."

Doch dann klopfte er seiner Enkelin anerkennend auf die Schulter. „Das hast du richtig gut gemacht, Anne. Du bist ein schlaues Mädchen."

„Das stimmt", musste nun auch Lenny zugeben. „Also, ich wäre nicht darauf gekommen, es mit einem Magneten zu versuchen."

„Und weil Anne es geschafft hat, die Geheimtür zu öffnen, darf sie auch als Erste den Raum betreten", bestimmte Opa Abraham.

„Kein Bedarf!", erwiderte die Angesprochene, die dort ein paar dicke Spinnen vermutete, denen sie auf keinen Fall begegnen wollte. „Mir ist es lieber, wenn Opa Abraham vorangeht!"

Also schob Opa Abraham die Tür komplett auf. Dann betätigte er die Taschenlampenfunktion seines Smartphones und leuchtete damit in den kleinen Raum hinein. „Der ist aber winzig!"

„Aber groß genug für eine Seefahrerkiste", erklärte Lenny hochzufrieden. „Da steht schon eine und wartet nur darauf, von uns geöffnet zu werden."

Opa Abraham schüttelte den Kopf. „Nein, der Raum ist zu niedrig, um die Kiste richtig zu untersuchen. Kommt, wir schaffen sie hinunter in Annes Zimmer und öffnen sie dort."

Doch Anne protestierte: „Nein, wir stellen sie in Lennys Zimmer. Wer weiß, was da alles drin ist?"

„Von mir aus gerne", stimmte Lenny grinsend zu. Manchmal war seine kleine Schwester einfach zum Brüllen: Sie ließ sich nicht so schnell von fremden Leuten einschüchtern, aber schon das kleinste Insekt brachte sie zum Zittern ...

Es war gar nicht so einfach, die schwere Kiste durch den engen Schacht nach unten zu befördern. Doch nachdem sie ein stabiles Seil darum herumgebunden hatten, konnten sie sie hinablassen.

Als das geheimnisvolle Objekt schließlich in Lennys Zimmer stand, schauten alle wie gebannt darauf. Dann hob Lenny den Deckel der Kiste.

Wie schon bei den anderen beiden Kisten, die sie gefunden hatten, war die Innenseite mit einem speziellen Harz beschichtet. Dadurch wurde der Inhalt der Kiste besser geschützt; die Sachen gingen nicht so schnell kaputt.

„Schaut mal! Da liegt eine Münze drin!", rief Lenny begeistert.

Opa nahm sie sofort in die Hand und staunte: „Also, wenn mich nicht alles täuscht, ist das eine echte Goldmünze."

Annes Augen weiteten sich. „Vielleicht finden wir ja noch mehr davon! Und dann sind wir reich!"

„Das stimmt", sagte Opa. „Goldmünzen sind sehr viel wert. Und das hier ist sogar eine historische Münze aus dem achtzehnten Jahrhundert. Die ist noch wertvoller als normale Münzen aus der heutigen Zeit."

Leider fanden sie jedoch keine weiteren Münzen in der Kiste. Doch sie entdeckten ein altes Fernrohr, einen Kompass und einige Navigationsgeräte, die in ein paar Stofffetzen gewickelt waren. Und schließlich das, wonach sie eigentlich gesucht hatten.

„Da ist es, Käpten Sturms drittes Logbuch!", rief Lenny zufrieden. „Jetzt können wir endlich weiterlesen!"

„Ja, das können wir", sagte Opa. „Los, wir kehren zu den anderen zurück und überraschen sie mit unserem Fund."

Das taten sie. Gemeinsam gingen sie die Treppe hinunter und trafen in der Küche auf Mama und Oma Sarah, die bei Kaffee und Kuchen vor dem Kamin saßen. Auch Papa war in der Zwischenzeit von der Arbeit heimgekehrt und hatte sich zu ihnen gesellt.

„Schaut mal, was wir gefunden haben!", erklärte Anne mit leuchtenden Augen und zeigte ihnen zunächst die Münze.

„Eine Goldmünze!", sagte Papa erstaunt. „Woher habt ihr die?"

Lenny grinste. „Aus einer neuen Seefahrerkiste, die wir auf dem Dachboden gefunden haben. Und schaut, was wir noch entdeckt haben!" Er hielt ihnen das Logbuch vor die Nase.

Mama, Papa und Oma Sarah machten große Augen.

„Wo habt ihr das denn ausgegraben?", fragte Papa überrascht. „Ich dachte, ihr hättet schon jeden Winkel unseres Dachbodens nach weiteren Logbüchern abgesucht. Wo hat diese Kiste nur gesteckt?"

„Ach, dieses alte Schmugglerhaus hat doch tausend Ecken und Winkel", meinte Opa Abraham schnell. „Man muss nur lange genug suchen, dann hat man irgendwann Erfolg."

Papa wollte sich mit dieser Erklärung nicht zufriedengeben. „Aber es würde mich wirklich interessieren, wo diese Kiste aufgetaucht ist ..."

„Ist doch egal, Schatz!", unterbrach ihn Mama. „Hauptsache, wir haben das dritte Logbuch! Und jetzt würde ich vorschlagen, dass wir den Beginn des Wochenendes gebührend feiern: Die Kinder bekommen Kakao und ebenfalls ein Stück Kuchen, und dann kann unsere Vorleserunde starten."

Damit waren alle einverstanden und Oma Sarah machte schnell Milch für den Kakao warm.

Wenig später schlug Opa Abraham den aus hartem Leder bestehenden Einband auf und las die erste Seite des Logbuchs vor:

Mein Name ist Wilbert Boynen Sturm. Ich bin 21 Jahre alt und ein Seefahrer.
Eine meiner Seereisen führte mich nach Russland, genauer gesagt in die Stadt Mellum, in der Graf Robos sein Unwesen trieb. Dort habe ich einem Jungen, der angeblich bei einem Diebstahl erwischt worden war, das Leben gerettet. Ich ahnte damals nicht, dass das ungeahnte Folgen für uns haben würde. Denn auf der Rückreise hatten wir plötzlich einen blinden Passagier an Bord …

2. EIN BLINDER PASSAGIER

Safira lag wieder einmal in ihrer Hängematte, die weit oben in der Takelage des Schiffes aufgespannt war. In einer Hand hielt sie die Holzkugel, die sie von ihrem letzten Abenteuer mitgebracht hatte.

Das Besondere an dieser Kugel war, dass sie innen hohl war und geöffnet werden konnte. Aber noch viel wichtiger war, dass sie von Safiras Eltern stammte, Sarah und Riccardo Alminetti. Beide waren vor einigen Jahren spurlos verschwunden.

Ohne es eigentlich zu wollen, hatte Käpten Sturm diese Kugel dem berüchtigten Räuberhauptmann Rakan abgenommen. Sie hatte nämlich in einer Ledertasche gesteckt, in der sich ein Porträt von Safiras Eltern befunden hatte.

Auch ein Bild von Safiras Mutter und ein schönes Schmuckkästchen hatte Käpten Sturm in der Räuberhöhle entdeckt. Da diese Sachen eindeutig Safiras Eltern gehört hatten, war jetzt sie selbst, Safira Alminetti, die rechtmäßige Besitzerin. So viel stand fest.

Die junge Artistin betrachtete beide Hälften der geöffneten Holzkugel und grübelte. Auf der Innenseite hatte jemand eine Karte gezeichnet, die mit geheimnisvollen Zahlen und Buchstaben beschriftet war. Niemand wusste, wofür sie standen.

Jeden Tag holte Safira diese Kugel hervor und überlegte, was Karte und Schriftzeichen für eine Bedeutung haben könnten. Am liebsten tat sie das in ihrer Hängematte, wo ihr der Wind ins Gesicht blies, die Luft voller Salz war und sie den besten Ausblick aufs weite Meer hatte.

Ob ihre Eltern noch am Leben waren? Safira wünschte es sich so sehr. Ja, sie mussten einfach noch leben!

Nachdenklich schaute die Elfjährige nach unten und kniff plötzlich die Augen zusammen. Da! Im Ruderboot bewegte sich etwas. Was war das? Oder sollte sie lieber fragen: *Wer* war das?

Safira pfiff leise durch die Zähne.

Igor hatte sich in dem Ruderboot eigentlich nur vor seinen Verfolgern verstecken wollen. Er war unter ein paar leere Kartoffelsäcke geschlüpft und hatte sich dann ganz ruhig verhalten. So war er unverhofft an Bord der *Esmeralda* gelangt, auf das Schiff des mutigen Kapitäns, der ihm das Leben gerettet hatte.

Obwohl Igor Käpten Sturm sehr dankbar war, wollte er ihm oder seinen Männern auf keinen Fall begegnen.

Denn es konnte doch sein, dass Käpten Sturm ihn ebenfalls für einen Dieb hielt! Und Diebe durften ja bekanntlich nicht frei herumlaufen, sondern gehörten ins Gefängnis. Das galt nach den herrschenden Gesetzen sowohl für Erwachsene, die beim Diebstahl ertappt wurden, als auch für Kinder.

In der Tat gab es sehr viele Kinder, die in einem Kerker saßen, weil sie beim Stehlen erwischt worden waren. Diese Kinder waren meistens Waisen, um die sich niemand kümmerte. Niemand gab ihnen etwas zu essen. Und deshalb wurden viele von ihnen zu Dieben. Igor seufzte, als er darüber nachdachte, dass auch er keine Eltern mehr hatte.

Doch ins Gefängnis wollte er auf keinen Fall, also durfte er kein Risiko eingehen. Käpten Sturm schien zwar sehr nett zu sein. Aber wer konnte wissen, ob er ihn nicht doch der Polizei übergeben würde? Und dann wäre sein Schicksal besiegelt. Nein, es war besser, wenn er sich weiterhin ganz still verhielt und im nächsten Hafen das Schiff verließ.

Vorsichtig lüpfte Igor den Kartoffelsack und atmete tief die frische Seeluft ein.

Sein Magen knurrte, und zwar so laut, dass er es deutlich hören konnte. Da faltete er seine Hände und betete leise: „Gott, du weißt, dass ich kein Dieb bin. Und du hast jetzt bestimmt auch meinen knurrenden Magen gehört. Bitte gib mir doch etwas zu essen. Ich habe nämlich einen Bärenhunger."

In diesem Augenblick fiel ihm ein Apfel direkt in den Schoß.

Nanu! Wo kam dieser Apfel her? Unglaublich! So schnell hatte Gott seine Gebete noch nie erhört ...

Aber egal – er hatte um Essen gebeten, und Gott hatte es ihm gegeben. Vergnügt nahm Igor den Apfel, dankte Gott dafür und biss hinein.

Während er den dritten Bissen hinunterschluckte, hörte er auf einmal ein seltsames Geräusch. Und Sekunden später spürte er etwas auf seinem Kopf.

Igor griff danach. Doch das Etwas, das sich auf seinen Kopf gesetzt hatte, flog sofort davon. Es ließ sich etwa zwei Meter von ihm entfernt auf einer Holzplanke nieder und starrte ihn neugierig an.

„Ein Vogel!", flüsterte Igor verwundert. „Sogar ein ganz besonderer Vogel!" Er schaute sich das Tier genauer an: Es war ein Papagei, dessen Federn im Licht der Abendsonne in den schönsten Farben schillerten.

„Du bist aber hübsch!", murmelte er. „Wie heißt du denn?", fuhr er dann fort, ohne eine Antwort zu erwarten.

Doch zu seinem Erstaunen lieferte der Papagei diese prompt. „Kiki, Kiki!", krächzte er laut. „Und du?"

Igor schüttelte den Kopf. „Du kannst ja sprechen! Bist du aber begabt! Wer hat dir das bloß beigebracht?"

In diesem Moment raschelte etwas hinter ihm, sodass er sich schnell umdrehte. Igor erschrak.

Direkt vor seiner Nase schwebte ein Mädchen in der Luft, und zwar mit dem Kopf nach unten. Ihre rötlich braunen Haare, die zu zwei Zöpfen geflochten waren, baumelten herab. „Ich!", erklärte das Mädchen. „Und Kiki gehört mir!"

Igor war zunächst sprachlos. Doch dann stammelte er: „Wer bist du? Und wie ist es möglich, dass du fliegen kannst?"

Safira, die sich an einem Tau aus der Takelage herabgelassen hatte, musste grinsen. „Ich heiße Safira. Aber erstens fliege ich nicht, sondern hänge an einem Seil. Und zweitens stelle *ich* hier die Fragen, nicht du. Immerhin bist *du* doch der blinde Passagier auf der *Esmeralda* und nicht ich."

„Blind, blind, blinder Passagier!", wiederholte Kiki eifrig.

Ohne darauf einzugehen, redete Safira weiter: „Und drittens ist das *mein* Apfel, den du da in der Hand hältst. Er ist mir nämlich beim Abseilen aus der Tasche gefallen."

Igor schaute sie schuldbewusst an und streckte ihr den angebissenen Apfel entgegen. „Tut mir leid. Ich wusste nicht, dass er dir gehört. Da, du kannst ihn wieder zurückhaben."

Doch Safira wehrte ab: „Alles gut – iss ihn ruhig auf! Aber anschließend musst du mir erzählen, wer du bist und was du hier auf unserem Schiff machst."

Sie ließ sich nun vollends an dem Seil herab und setzte sich auf den Rand des Ruderboots. Kiki hüpfte sofort auf Safiras Schulter, und beide warteten geduldig, bis Igor den Apfel aufgegessen hatte.

Schließlich schluckte er den letzten Bissen hinunter und atmete tief durch. „Das war lecker – vielen Dank!"

„Wie heißt du? Wie heißt du?", krächzte Kiki jetzt wie aufs Stichwort.

„Ich heiße Igor. Und ich bin auf der Flucht vor dem bösen Grafen Robos."

Safira schaute ihr Gegenüber mit großen Augen an. „Bist du etwa der Junge, dem unser Käpten das Leben gerettet hat?"

„Ja, genau der! Und weil der Graf mich töten wollte, habe ich mich in eurem Ruderboot versteckt. Auf diese Weise bin ich, ohne dass ich es wollte, auf euer Schiff gelangt. Aber ich werde auf keinen Fall nach Mellum zurückkehren, das steht fest."

„Und was sagen deine Eltern dazu? Die vermissen dich doch sicherlich!"

„Ich habe keine Eltern mehr", erwiderte Igor traurig. „Sie sind beide gestorben."

„Oh, das tut mir leid!", wisperte Safira, die sofort Mitleid bekam. Dieser Junge musste etwa in ihrem Alter sein und er hatte schon so etwas Schlimmes erlebt.

Doch dann fiel ihr etwas ein und sie schaute ihn vorwurfsvoll an. „Aber du bist ein Dieb! Und Diebe haben auf der *Esmeralda* nichts zu suchen."

Igor schüttelte energisch den Kopf. „Nein! Ich bin kein Dieb!"

Safira dachte an das, was Käpten Sturm erzählt hatte. „Und was ist mit diesem roten Beutel, den du dem Grafen geklaut hast?", hakte sie stirnrunzelnd nach.

Jetzt fing Igor an zu stottern. „Es ist ... es ist anders, als du denkst. Ich habe dem Grafen nichts gestohlen – ich habe ihm diesen Beutel nur abgenommen."

„Das ist doch dasselbe."

„Ist es nicht!"

„Dann erklär es mir!"

„Also, das war so: Dieser rote Lederbeutel gehört eigentlich einem Matrosen mit dem Namen Rudolf Schmidt. Graf Robos und seine Männer haben ihn verprügelt und ausgeraubt. Der wahre Dieb ist deshalb Graf Robos!"

„Und was ist mit dem Matrosen geschehen?"

„Ich vermute, dass sie ihn ins Gefängnis von Mellum gebracht haben, um diese böse Tat zu vertuschen."

„Das ist aber gemein von dem Grafen. Und was war in diesem Beutel drin?"

Igor zuckte mit den Schultern. „Keine Ahnung – ich konnte nicht reinschauen ..." Dann schob er schnell nach: „Aber der Beutel ist sehr wertvoll."

„Woher weißt du das, wenn du nicht hineingeschaut hast?", fragte Safira amüsiert.

„Weil ich gehört habe, was Graf Robos darüber gesagt hat."

„Was denn?"

„Nun, er war sehr zufrieden mit sich und meinte Folgendes: ‚Endlich habe ich ihn, den rubinroten Lederbeutel! Ja, das Geheimnis der Familie Alminetti liegt jetzt in meinen Händen. Jetzt muss ich dem Räuberhauptmann Rakan nur noch die Holzkugel mit der darin versteckten Schatzkarte abkaufen. Und dann wird mich nichts mehr davon abhalten, den Schatz der Nebelberge zu finden!'"

Igor hielt kurz inne, bevor er fortfuhr: „Und anschließend hat er noch über den Räuberhauptmann gespottet, der keine Ahnung davon habe, wie wertvoll die Holzkugel sei ..."

Der Kopf der Papageiendame Kiki wandte sich Safira zu. „Geheimnis! Al-mi-netti!", krächzte sie leise. Dann wetzte sie liebevoll ihren krummen Schnabel an Safiras Wange.

Das Mädchen starrte Igor mit großen Augen an. „Kannst du das bitte noch einmal sagen?"

Igor nickte und wiederholte Graf Robos' Worte.

Da sprang das Mädchen auf. „Igor ... weißt du, wie ich heiße?"

„Klar, du heißt Safira, das hast du vorhin gesagt. Warum?"

„Mein Name ist Safira ... Safira Alminetti. Und das Geheimnis der Familie Alminetti hat ganz sicher mit meinen Eltern zu tun. Die habe ich nämlich schon seit einigen Jahren nicht mehr gesehen; ich weiß nicht, wo sie sind. Los, komm! Das müssen wir sofort dem Käpten erzählen!"

Wenig später saßen Käpten Sturm, Safira und Igor in der Kapitänskajüte zusammen.

Kiki hockte auf einer Stange, die extra für die Papageiendame dort angebracht worden war. Sie knabberte genüsslich an einem Maiskolben, den Käpten Sturm ihr auf eine Ablage direkt vor der Stange gelegt hatte. Er wusste, dass Kiki beschäftigt sein musste, wenn man vor ihr Ruhe haben wollte.

Igor hatte sich zunächst gesträubt; er hatte große Angst davor gehabt, zum Kapitän des Schiffes gebracht zu werden.

Aber Safira hatte ihn beruhigt. Sie hatte ihm erklärt, dass sie Käpten Sturm schon eine ganze Weile kannte. „Er ist freundlich und großzügig. Ich darf übrigens Boynen zu ihm sagen", hatte sie dem Jungen anvertraut.

Und schließlich hatte Igor eingewilligt. Sie waren gemeinsam zur Kapitänskajüte gegangen. Safira hatte Boynen den blinden Passagier vorgestellt und ihn in alles eingeweiht, was sie gerade eben herausgefunden hatte.

Boynens Augen funkelten wieder einmal vor Abenteuerlust. „Dann ist dieser Schurke also auch hinter deiner Holzkugel her,

Safira. Denn mithilfe des rubinroten Lederbeutels und dieser Kugel hofft er offenbar, den Schatz der Nebelberge zu finden."

Safira nickte. „Genau. Und irgendwie hängt das alles mit meiner Familie zusammen, denn er hat ja vom Geheimnis der Familie Alminetti gesprochen."

Boynen stand auf, marschierte zu seinem Bücherregal und fing an, nach etwas zu suchen. „Geheimnis der Familie Alminetti ... Schatz der Nebelberge ...", murmelte er dabei vor sich hin. „Schatz der Nebelberge – Pirat James Flynn. Da ist es!"

Triumphierend griff er nach einem Buch, zog es aus dem Regal und legte es auf den Tisch. „Also, darin habe ich mal etwas vom Schatz der Nebelberge gelesen."

Er schlug das Buch auf und blätterte darin. Wenig später fand er anscheinend, was er suchte.

Igor und Safira beobachteten fasziniert, wie sich Boynens Lippen lautlos bewegten, während er einen längeren Text überflog.

Dann blickte er endlich auf. „Also, hier steht, dass ein gewisser Pirat James Flynn auf den Nebelbergen einer entlegenen Inselgruppe einen sagenumwobenen Schatz gefunden hat."

„Den Schatz der Nebelberge?", flüsterte Igor.

Boynen nickte. „Richtig! Doch Flynn und seine Männer wurden von einem Stamm Einheimischer überrascht. Es kam zu einem heftigen Kampf, bei dem Flynn und alle seine Männer getötet wurden. Nur der Schiffsjunge hat überlebt und konnte entkommen. Und wisst ihr, was aus ihm geworden ist?"

Igor und Safira schüttelten den Kopf.

„Hier steht, dass er nach Italien, in seine Heimat, zurückgekehrt ist. Dort hat er dann eine Holzkugel angefertigt, die eine Schatzkarte enthält."

Safira pfiff durch die Zähne und kramte ihre Holzkugel hervor. „Dann ist die Zeichnung auf der Innenseite also eine Schatzkarte, die von diesem Schiffsjungen stammt. Steht in deinem Buch zufälligerweise auch noch sein Name?"

Statt zu antworten, schob Boynen das Buch zu Safira hinüber. Dann zeigte er auf eine Stelle im Text. „Da, lies selbst!"

Während Safira in das Buch schaute, begann ihr Herz, laut zu klopfen. Im nächsten Moment schloss sie die Augen und flüsterte: „Fabricio Alfons Alminetti!"

Sie atmete tief durch, bevor sie ihre Augen wieder öffnete und Igor und Boynen aufgeregt anblickte. „Fabricio Alfons Alminetti! Genau so hieß mein Großvater – ich erinnere mich noch an ihn! Und er hat mir auch mal von einem Geheimnis erzählt, das niemand außer ihm selbst kennen würde. Leider weiß ich nicht mehr alles, was er mir damals gesagt hat. Ich war gerade mal fünf Jahre alt, als er starb."

„Das muss also das Geheimnis sein, von dem Graf Robos gesprochen hat", meinte Igor. „Zu dumm, dass er mir den Beutel wieder weggenommen hat."

Safira schlug mit der flachen Hand auf den Tisch. „Und was unternehmen wir jetzt?"

Boynens Augen blitzten. „Das ist doch sonnenklar! Wir statten dem vornehmen Graf Robos von Mellum einen Besuch ab und holen uns den rubinroten Beutel zurück! Und dadurch kommen wir dem Geheimnis der Familie Alminetti auf die Spur."

„Geheimnis! Alminetti!", krächzte Kiki begeistert.

„Vielleicht gelingt es uns sogar, den armen Matrosen Rudolf Schmidt aus dem Kerker zu befreien."

„Auf nach Mellum!", rief Safira voller Tatendrang.

3. DER ZUGANG ZUR SCHATTENBURG

Es war mitten in der Nacht, die Sonne war schon lange untergegangen. Die *Esmeralda* war zu der kleinen russischen Stadt zurückgekehrt, die sie erst vor wenigen Stunden verlassen hatte.

Allerdings hatte Käpten Sturm darauf geachtet, nicht den Hafen von Mellum anzusteuern. Stattdessen hatte er eine versteckte Bucht in der Nähe ausgewählt, um dort vor Anker zu gehen. Sie durften auf keinen Fall entdeckt werden.

„Darf ich mitkommen?", fragte Igor zögerlich, als er Boynen, Brummel, Seebär und Safira ins Ruderboot steigen sah. Eigentlich graute es ihm ja davor, in die Stadt des schrecklichen Grafen zurückzukehren. Aber er wollte auch nicht feige sein und seine neu gewonnenen Freunde im Stich lassen.

Boynen schaute ihm ins Gesicht und erkannte, dass Igor Angst hatte. Lächelnd schüttelte er den Kopf. „Nein, Igor, du bleibst am besten hier auf dem Schiff. Ich möchte nicht riskieren, dass Graf Robos dich erneut schnappt. Denk daran – er hätte dich heute Nachmittag beinahe getötet. Und außerdem hast du uns schon genug geholfen, indem du mir beschrieben hast, wie wir in die Burg gelangen können."

Igor atmete erleichtert auf. „Danke! Dann werde ich hierbleiben und mich am besten mal nützlich machen. Wie wäre es, wenn ich gleich morgen früh das Deck schrubbe?"

„Das ist eine sehr gute Idee!", lobte Safira, die alle Reinigungsarbeiten hasste. Eigentlich wäre *sie* nämlich an diesem Tag dazu eingeteilt gewesen, während Boynen, Brummel und Seebär auf dem Fischmarkt waren. Doch wie schon so oft hatte sie diese Pflicht schlichtweg vergessen und später gehofft, dass niemand es bemerken würde. Dass Igor sich jetzt freiwillig dazu anbot, kam ihr wie gerufen.

„Noch einmal Glück gehabt", meinte Brummel und zwinkerte ihr zu. „Aber das nächste Mal kommst du nicht so leicht davon, dafür wird Boynen schon sorgen. Der Dreck muss weg – da hilft nur Putzen!"

Safira grinste. „Ach, mit so unnötigen Arbeiten gebe ich mich nicht so gerne ab. Glaub mir: Mein Talent wird durch so etwas nur vergeudet."

„Einbildung ist auch eine Bildung", lachte Brummel. „Wir werden dich schon noch dazu kriegen, das Deck zu schrubben. Verlass dich drauf – eines Tages ist es so weit."

„Nein, niemals!" Safira schüttelte energisch den Kopf. „Lieber lasse ich mich auf tausend gefährliche Abenteuer ein, als auch nur ein Mal so was Langweiliges zu machen."

Boynen klopfte ihr auf die Schulter. „Na, dann kannst du heute mal wieder zeigen, was in dir steckt. Denn das, was wir jetzt vorhaben, wird ein brandgefährliches Abenteuer."

„Wie wollen wir eigentlich vorgehen?", fragte Seebär neugierig. „Hast du schon einen genauen Plan, Boynen?"

Der zuckte mit den Schultern. „Die Sache ist ganz einfach: Wir dringen in die Burg ein und versuchen, in die Schlafgemächer des Grafen zu gelangen. Alles Weitere wird sich vor Ort ergeben."

„Hört sich irgendwie planlos an", schmunzelte Seebär. Allerdings kannte er Käpten Sturm lange genug, um zu wissen: Der geniale junge Seefahrer überlegte sich vorher immer schon ganz genau, was zu tun war.

Boynen zeigte auch tatsächlich auf seinen Rucksack und danach auf seinen eigenen Kopf. „Das ist alles, was wir brauchen."

„Was ist in dem Rucksack drin?", wollte Safira wissen.

„Nur ein paar nützliche Dinge aus meiner Trickkiste."

„Na, dann kann ja fast nichts mehr schiefgehen", murmelte Safira und setzte sich ganz vorne ins Boot.

Seebär und Brummel griffen nach den Rudern und kurz darauf waren sie schon unterwegs. Ihr Ziel: die Schattenburg von Mellum.

Nach einer Stunde sahen sie eine beeindruckende Burg vor sich, die auf einem etwa zwanzig Meter hohen Felsen direkt am Meer lag. Beim Anblick des düsteren Gebäudes bekam Safira sofort eine Gänsehaut.

Hier wohnte also der gefürchtete Graf Robos. Hoffentlich ging alles gut!

„Die Felswände und Mauern sind ja viel höher, als Igor sie beschrieben hat", murmelte Seebär missmutig. „Also, von hier aus werden wir wohl kaum hineinkommen. Und ich hoffe mal, dass ich mit meinen Plattfüßen nicht weit laufen muss."

„Keine Angst", sagte Boynen. „Der Zugang zur Burg ist direkt hier am Wasser."

Sie erreichten das Ufer und legten an. Brummel verließ als Erster das Boot und wartete, bis auch die anderen ausgestiegen waren. Dann hievten Seebär und Brummel das Ruderboot auf einen niedrig gelegenen Felsen und machten es dort fest, damit es nicht zurück ins Wasser rutschte.

„Wie geht es jetzt weiter?", wollte Seebär wissen. „Denkt an meine Plattfüße."

Ohne eine Antwort des Käptens abzuwarten, machte Safira sich sofort daran, die steile Felswand ganz ohne ein Sicherungsseil hinaufzuklettern.

Boynen, Seebär und Brummel stockte nur vom Zusehen der Atem. Aber Safira kletterte leichtfüßig und geschickt. Ohne groß darüber nachzudenken, wie gefährlich diese Kletterpartie war, fand sie immer wieder einen kleinen Felsvorsprung zum Festhalten.

Und im Nu gelang es ihr, den Fuß der Burgmauer zu erreichen. Hier gab es einen Absatz, der so breit war, dass mehrere Leute bequem darauf stehen konnten.

Etwas außer Atem schaute Safira in ein vergittertes Kellerfenster hinein. Niemand war zu sehen.

Jetzt kam der zweite Teil ihrer Aufgabe. Sie nahm ihren Rucksack ab, den sie von Anfang an auf dem Rücken gehabt hatte, und holte ein dickes Tau heraus. Dieses befestigte sie an den Gitterstäben des Kellerfensters.

Dann warf sie das andere Ende des Taus hinunter und gab den Männern mit einer Geste zu verstehen, dass sie ihr jetzt folgen konnten.

Boynen ergriff das Seil und kletterte, sich daran festhaltend, recht zügig die Felswand hinauf. Als Nächster folgte Brummel, der zwar deutlich mehr Mühe hatte als Boynen, es aber wenigstens schaffte, nach oben zu gelangen.

Zuletzt versuchte auch Seebär sein Glück. Er fasste nach dem Tau und versuchte, sich daran hochzuziehen. Doch bereits ganz unten rutschte er mehrmals ab, sodass er schließlich frustriert aufgab.

„Heute ist nicht mein Tag!“, brummte er. Er blickte nach oben und zuckte mit den Schultern.

Boynen, Brummel und Safira verstanden sofort, dass sie vorerst ohne ihn auskommen mussten. Nachdem sie ihrem Kameraden noch freundlich zugenickt hatten, wandten sie sich der Mauer zu.

„Also, so wie ich das sehe, ist dieses vergitterte Fenster die einzige Möglichkeit, um von hier aus in die Burg zu gelangen“, stellte Brummel fest.

„Das siehst du richtig“, flüsterte Boynen und holte etwas aus seinem Rucksack heraus.

„Zu dumm, dass es vergittert ist. Wir werden einige Stunden brauchen, um die Eisenstäbe durchzusägen.“

Doch Boynen schüttelte den Kopf, er hatte offensichtlich andere Pläne. In seiner Hand hielt er zwei kleine Glasflaschen, die jeweils mit einem Korken verschlossen waren. Nun öffnete er eine davon und schüttete die Hälfte der Flüssigkeit direkt an die Stelle, wo das Gitter fest in der Mauer verankert war. Es bildete sich eine kleine Pfütze rund um die Eisenstäbe.

„Geht mal ein Stück zur Seite! Gleich wird's gefährlich!“, raunte Boynen Safira und Brummel zu, die sofort gehorchten und zwei Meter zur Seite traten. Boynen folgte ihnen, nahm die zweite Flasche und warf sie direkt auf die Pfütze. Die Flasche zerschellte.

Da ertönte ein merkwürdiges Zischen. Am unteren Teil der Gitterstäbe bildeten sich Rauchschwaden. Und vom Fenster her schlug den drei Abenteurern ein beißender Geruch entgegen.

Kopfschüttelnd blickte Safira zu Boynen, der breit grinsend das seltsame Schauspiel genoss. „Was ist das?“, fragte sie.

„Chemie!“, antwortete er zufrieden. „In den beiden Flaschen waren unterschiedliche chemische Flüssigkeiten. Wenn man beide zusammenbringt, reagieren sie miteinander. Es entsteht eine Säure, die einfach alles wegätzt, was damit in Berührung kommt.“

Brummel konnte es nicht fassen. „Schaut mal: Die Mauer unter den Gitterstäben bröckelt einfach weg. Das ist ja unglaublich, Boynen!“

Fünf Minuten später hatte sich ein Teil der Mauer so sehr gelockert oder aufgelöst, dass Boynen die kaputten Steine leicht entfernen konnte. Mit einem alten Lappen wischte er dann sorgfältig auch noch die letzten Reste der Säure weg.

„Jetzt bist du dran, Brummel. Ich hoffe, du kannst die Gitterstäbe auch ohne Seebärs Hilfe so weit verbiegen, dass wir durch die Fensteröffnung klettern können."

„Einen Versuch ist es wert", murmelte Brummel und fing sofort an, an dem Metall zu zerren. Und tatsächlich – unter Aufbietung all seiner Kräfte gelang es ihm, den Weg in die Burg frei zu machen.

Zuerst schlüpfte Safira durch das Fenster, danach Boynen. Und zum Schluss folgte Brummel, der sehr viel kräftiger gebaut war als die beiden anderen. Deshalb wäre er beinahe in der Öffnung stecken geblieben, doch er konnte sich gerade noch irgendwie durchzwängen.

Als sie im Innern der Burg standen, kramte Boynen eine kleine Fackel aus seinem Rucksack und zündete sie an. Sie befanden sich in einem breiten Gang.

„Wo führt der wohl hin?", flüsterte Safira.

„Sicherlich zu einigen Kellerräumen", meinte Boynen. „Wir müssen also aufpassen, dass uns niemand begegnet."

Nach ein paar Metern erreichten sie eine schwere Tür aus Eichenholz. Vorsichtig drückte Boynen die Klinke hinunter, doch die Tür war verschlossen.

„Kein Problem!", grinste er daraufhin und holte einen Dietrich aus seiner Tasche. „Auf so etwas bin ich immer vorbereitet."

Er steckte den Dietrich in das Schloss. Und innerhalb von ein paar Sekunden hatte er es geschafft, die Tür zu öffnen.

Mit seiner Fackel leuchtete Boynen nun in den vor ihnen liegenden Raum hinein. „Wie schon vermutet – ein Kellerraum."

Er trat ein, Safira und Brummel folgten ihm auf dem Fuß.

„Hier sind ja lauter große Fässer!", bemerkte Safira erstaunt. „Was da wohl drin ist?"

Brummel ging zu einem der Fässer und drehte an dem daran befestigten Zapfhahn, aus dem sofort etwas auf den Boden tropfte. Neugierig roch er daran. „Das ist Bier!", stellte er daraufhin fest. „Ein ganzer Keller davon! Wozu braucht der Graf bloß so viel Bier?"

In diesem Moment hörten sie hinter sich eine barsche Stimme: „Das werdet ihr nie erfahren. Die Hände hoch!"

Erschrocken drehten sich Boynen, Brummel und Safira um. Vor ihnen stand ein bärtiger, untersetzter Mann, der sie grimmig anstarrte. Eine Waffe war direkt auf sie gerichtet.

4. Blamage auf der Schlittschuhbahn

„Das hätte ich ja fast vergessen!“, sagte Mama plötzlich und schaute auf die Uhr. „Du hast doch noch einen Termin, Lenny, weil heute euer Klassen-Aktionstag ist. In einer halben Stunde trifft sich deine Klasse auf der Schlittschuhbahn. Warum denkst du an so etwas nicht selbst?“

Sie stupste ihn an. „Los! Pack schnell deine Sachen zusammen, sonst kommst du noch zu spät.“

Doch der Elfjährige schüttelte den Kopf und blieb einfach sitzen. „Kein Bock, mit der Klasse Schlittschuhlaufen zu gehen! Ich möchte lieber die Geschichte weiterhören.“

„Das geht leider nicht, Lenny“, meinte Papa bedauernd. „Es handelt sich um eine Sportveranstaltung der Schule. Da darfst du nicht einfach fehlen.“

Da gab Lenny seinen Widerstand auf und erhob sich. Er griff nach seiner Sporttasche, in der sich auch seine Schlittschuhe befanden. Er hatte alles schon vorbereitet, obwohl er insgeheim gehofft hatte, dass Mama diesen Termin vergessen würde. Stumm verließ er nun den Raum.

Opa Abraham folgte ihm und sprach ihn an: „Was ist los?“

„Ach ...“ Lenny zuckte mit den Achseln.

„Wurdest du in der Schule wieder gemobbt?“

Lenny nickte traurig. „Ja, die ganze Woche über. Es hat sich nichts geändert, außer dass Max mich jetzt in Ruhe lässt. Aber Moritz, Carsten und Jochen sind immer noch total gemein zu mir. Es ist einfach furchtbar. Ich will nicht mehr in die Schule!“

Eine Träne kullerte ihm das Gesicht hinunter. Lenny hatte durch den Umzug auf einen Schlag alle seine Freunde verloren. Und im Gegensatz zu seiner kleinen Schwester fiel es ihm nicht leicht, neue Freunde zu finden. Dazu kam, dass ihn in der neuen Klasse von Anfang an eine Gruppe frecher Jungs geärgert hatte.

Tröstend klopfte ihm Opa Abraham auf die Schulter. Er wollte noch etwas sagen, doch dazu hatte er keine Gelegenheit mehr. Denn jetzt erschien Papa und schob Lenny vor sich her zur Tür hinaus. Er musste ihn zur Eishalle bringen.

Die beiden stiegen ins Auto. Papa wollte schon losfahren, als plötzlich Anne aus dem Haus gestürmt kam. „Halt!", rief sie laut.

Papa kurbelte das Fenster hinunter. „Was ist los, Anne? Hör mal, wir haben es eilig!"

„Kannst du mich mitnehmen?", bat die Achtjährige atemlos. „In Bodenwald trifft sich doch heute Nachmittag der Kinderklub. Meine Freundinnen gehen auch alle dorthin." Sie öffnete die Tür und stieg ein. „Jetzt kannst du losfahren, Papa."

„Also, ich würde auch viel lieber in den Kinderklub gehen", murmelte Lenny vor sich hin.

Es hatte die letzten Tage sehr viel geregnet. Der Schotterweg zur Hauptstraße war voller Schlaglöcher, die sich mit Wasser gefüllt hatten.

Papa steuerte den Wagen durch tiefe Pfützen und stöhnte: „Der Weg ist ja eine Katastrophe. Ich glaube, wir müssen ihn demnächst mal mit etwas Kies ausbessern. Sonst gehen irgendwann einmal die Stoßdämpfer unseres Autos zu Bruch."

Kurz darauf bogen sie vom Schotterweg nach links auf die Hauptstraße, die zum Ortskern von Bodenwald führte.

Als sie das Gemeindehaus erreicht hatten, sprang Anne aus dem Auto und rief Papa zu: „Kannst du mich bitte in zwei Stunden wieder abholen? Danke!"

Dann schlüpfte sie durch die Tür ins Gemeindehaus und verschwand.

Papa schüttelte den Kopf. „Die weiß, was sie will."

Er stieg aus und schloss erst einmal die von seiner Tochter in der Eile offen gelassene Fahrzeugtür. Danach brachte er Lenny zur Eishalle, die sich in der nächsten größeren Stadt befand.

Im Gemeindehaus setzte sich Anne sofort zu ihren Freundinnen, die sie begeistert begrüßten. Es waren ungefähr zwanzig Kinder im Raum.

Vorne am Klavier saß Daniel, der auch den Kindergottesdienst am letzten Sonntag mitgestaltet hatte. Er spielte so mitreißend Klavier, dass die Kinder richtig Spaß dabei hatten, einige Lieder zu singen.

Ebenfalls dabei war Riana, eine total nette Leiterin. Anne mochte sie, weil sie die Kinder immer so freundlich anstrahlte und ihnen das Gefühl gab, herzlich willkommen zu sein.

Nach dem Singen folgten ein paar lustige Bewegungsspiele, bei denen alle eifrig mitmachten. Anschließend stellte sich Daniel auf die Bühne und erzählte eine Geschichte aus der Bibel:

„Ich möchte euch mal wieder eine kurze Geschichte von einem sehr kleinen Mann erzählen, den niemand mochte. Dass er so unbeliebt war, lag nicht an seiner Körpergröße. Das wäre für die Leute von damals kein Problem gewesen. Nein, es lag an etwas ganz anderem:

Dieser Mann arbeitete für die Römer, die Israel im Krieg besiegt hatten und jetzt die Herren des Landes waren. Deshalb hassten die Juden die Römer und jeden, der für sie arbeitete.

Klar, dass sie auch Zachäus hassten. Denn er war ein Zöllner, der den Juden Geld abknöpfte, obwohl er doch eigentlich selbst ein Jude war. Außerdem betrog er auch noch: Er nahm seinen

Landsleuten viel mehr Geld ab, als es eigentlich recht war. Er redete sich damit heraus, dass alle anderen Zöllner dasselbe taten.

Doch das war keine gute Entschuldigung. Die Juden hassten ihn zu Recht, das wusste er.

Aber er hatte es sich ja nicht nur mit seinen Landsleuten verscherzt. Nein, er hatte es sich auch ein für alle Mal mit Gott verdorben. Auch vor Gott war er ein Sünder. Und Sünder konnten niemals in den Himmel kommen, das wusste er.

Zachäus war deshalb sehr traurig. Und er fühlte sich einsam.

Doch eines Tages hörte er, dass Jesus in die Stadt kommen würde. Er war neugierig und wollte diesen berühmten Mann gerne sehen. Aber die anderen würden ihn sicher nicht zu Jesus lassen. Und weil immer eine große Menschenmenge um Jesus herum war, hatte Zachäus keine Chance, ihn auch nur von Weitem zu sehen.

Da hatte Zachäus einen Einfall: Er kletterte auf einen Baum und versteckte sich dort zwischen den Zweigen. Das war total super, denn von hier aus konnte er alles überblicken, ohne selbst gesehen zu werden. Besser ging es nicht.

Dann kam Jesus. Zachäus schaute auf den Mann. War er wirklich der von Gott gesandte Retter, der Messias, der Sohn Gottes, wie manche Leute sagten?

Plötzlich hörte er eine Stimme: ‚Zachäus, komm schnell vom Baum herunter. Ich möchte heute dein Gast sein.'

Hä? Wer rief da?

Zachäus konnte es nicht glauben: Jesus schaute von unten zu ihm hinauf. Ja, Jesus persönlich hatte ihn gerufen.

Aber woher kannte Jesus seinen Namen?

Egal – Zachäus stieg schnell vom Baum herunter und lud Jesus in sein Haus ein. Diese Chance durfte er sich nicht entgehen lassen!

Die Leute, die mit Jesus unterwegs waren, ärgerten sich. Sie fragten sich: ‚Wie kann Jesus das nur tun? Er lädt sich bei einem Gauner und Betrüger ein!'

Doch war Jesus Christus, der Sohn Gottes, nicht gerade deshalb gekommen, um Sündern Rettung zu bringen? Ja, Jesus taten Leute wie Zachäus leid. Er hatte Sünder lieb und wollte ihnen helfen.

Zachäus nahm Jesus mit in sein Haus. Dort durfte er dann mit allen seinen übrigen Gästen hören, dass Gott Schuld vergibt und dass Jesus genau deshalb gekommen ist: um Sündern zu vergeben und sie zu retten.

Zachäus fühlte sich persönlich angesprochen. Er bereute, was er getan hatte. Und er fasste einen Entschluss.

Er stand auf und wandte sich an Jesus: ‚Herr, ich werde die Hälfte meines Vermögens an die Armen verteilen. Und wem ich am Zoll zu viel abgenommen habe, dem gebe ich es vierfach zurück!'

Da antwortete ihm Jesus: ‚Heute hat Gott dir und allen, die in deinem Haus leben, Rettung gebracht …'

Zachäus konnte es fast nicht glauben. Sein Herz hüpfte vor Freude. Gott hatte ihm, dem verachteten Sünder, tatsächlich vergeben. Endlich war er befreit von seiner Schuld."

Daniel hielt kurz inne, bevor er fortfuhr: „Leute, ist es nicht super, dass Gott gerade auch *die* Menschen liebt, die Schuld auf sich geladen haben? Und hat nicht jeder von uns Fehler gemacht? Ja, wenn wir ehrlich sind, dann können wir Gott nichts bieten. Wir sind alle auf die Vergebung von Jesus Christus angewiesen.

Aber was ich sehr wichtig finde: Zachäus hat seine Schuld wirklich bereut. Dann hat er sie ganz offen zugegeben und sich hinterher auch darum bemüht, die Dinge wieder in Ordnung zu bringen.

Deshalb möchte ich euch heute einen wichtigen Gedanken weitergeben: Wenn man etwas falsch gemacht hat, dann reicht es nicht, dass es einem einfach nur leidtut. Nein, es ist total wichtig, den Fehler auch zuzugeben und die Sache wieder in Ordnung zu bringen. Genau das hat Zachäus getan. Und darüber hat Gott sich gefreut ..."

Anne war froh, dass sie gekommen war, und sie beschloss, künftig jeden Freitag den Kinderklub der Kirchengemeinde zu besuchen. Es war wirklich toll dort.

Lenny erlebte beim Schlittschuhlaufen genau das Gegenteil: Es war alles einfach nur schrecklich. Er stand zum ersten Mal auf einer Eisbahn. Und die uralten Schlittschuhe, die Papa ihm zwei Tage vorher noch schnell besorgt hatte, waren ihm etwas zu klein. Deshalb taten seine Füße weh.

Außerdem stellte er sich beim Schlittschuhlaufen ziemlich ungeschickt an. Während die anderen aus seiner Klasse alle recht gut fahren konnten, stolperte er förmlich übers Eis und stürzte immer wieder.

Ein Mädchen beobachtete ihn und kam schließlich zu ihm her. „Komm, fass mich mal an der Hand. Dann fahren wir gemeinsam", bot sie ihm an.

Lenny schaute sie misstrauisch an. Doch das Mädchen mit dem hübschen Namen Lilly lächelte freundlich; sie wollte ihn offenbar nicht ärgern.

Also ergriff er ihre ausgestreckte Hand. Und mit Lillys Hilfe schaffte er es tatsächlich, ein paar Meter auf dem Eis zurückzulegen.

Leider konnte er sich über diesen Erfolg nicht lange freuen. Denn schon schrie irgendjemand aus seiner Klasse: „Liebespaar! Liebespaar!"

Dann kamen Carsten, Moritz und Jochen auf ihren Schlittschuhen angeschossen und spotteten: „Ihr seid wohl verliebt ineinander! Haha, Lilly ist verknallt!"

Lilly wurde rot und ließ sofort Lennys Hand los. Um sich gegen diese frechen Jungs durchzusetzen, war sie zu schüchtern. Deshalb lief sie schnell wieder zu ihren Freundinnen.

So blieb Lenny ohne Halt auf dem Eis zurück. Das gefiel Jochen, Carsten und Moritz natürlich: Sie fuhren in immer engeren Kreisen um ihn herum und verspotteten ihn. Allerdings taten sie das so leise und unauffällig, dass ihre Lehrerin, Frau Laser, nichts davon mitbekam.

Mit rudernden Armen versuchte Lenny, wieder an den Rand zu gelangen. Zwar schlitterte er nur im Schneckentempo, aber es ging immerhin vorwärts. Er hatte die Bande schon fast erreicht, als ihm Jochen ein Bein stellte.

Lenny stolperte darüber und fiel der Länge nach hin. Um nicht mit dem Gesicht aufs Eis zu prallen, fing er sich mit seinen Händen ab. Das tat richtig weh. Seine Finger schmerzten und waren rot vor Kälte.

Da kam Frau Laser angefahren. „Was ist hier los?"

Als die Jungs die Sportlehrerin sahen, halfen sie Lenny schnell wieder auf.

„Ach, nichts", sagte Carsten hastig. „Lenny ist nur über seine eigenen Füße gestolpert und hingefallen."

Aber das war eine glatte Lüge, die Lenny so nicht stehen lassen wollte. „Nein!", rief er ärgerlich. „Das stimmt nicht! Jochen hat mir ein Bein gestellt und deshalb bin ich gestürzt."

„Hat er nicht!", widersprachen Carsten und Moritz sofort.

„Es ist einfach nur dumm gelaufen!", log jetzt auch Jochen. „Lenny ist eben noch ziemlich ungeschickt auf den Schlittschuhen."

Frau Laser kniff die Augen zusammen. Sie hatte keine Lust zu klären, wer recht hatte und wer nicht. Deshalb sagte sie nur: „Seid in Zukunft vorsichtiger!", und wandte sich ab.

Jetzt reichte es Lenny aber wirklich. Wütend verließ er die Eisfläche und setzte sich auf eine Bank. Sollten sie doch alle ohne ihn Schlittschuh laufen – ihm war das egal!

Niemand beachtete ihn, außer Lilly, die unauffällig zu ihm hinüberschaute. Ihr tat Lenny leid. Sie bereute es zwar, dass sie ihn mitten auf dem Eis im Stich gelassen hatte. Aber sie wusste auch, dass sie sich alleine nicht gegen diese frechen Jungs behaupten konnte.

Wieso hatte nur jeder in der Klasse Angst vor denen?

Pünktlich zum Abendessen kehrten Anne und Lenny nach Hause zurück.

Mama kam ihnen entgegen. „Und? Wie war's?"

„Super!", rief Anne begeistert. „Der Kinderklub hat richtig Spaß gemacht. Ich werde jetzt immer dorthin gehen ..." In einem langen Redeschwall erzählte sie, was sie alles erlebt hatte.

Keiner beachtete Lenny, der etwas abseits stand und stirnrunzelnd zuhörte. Warum ging es seiner kleinen Schwester nur immer so viel besser als ihm? Das war einfach ungerecht! Anne hatte eine tolle Klasse. Sie hatte sofort ein paar Freundinnen gefunden und jeder mochte sie.

Und er? Er war ein Außenseiter, mit dem niemand etwas zu tun haben wollte. Außerdem machten sich Carsten, Jochen und Moritz ständig über ihn lustig.

„Können wir endlich die Geschichte weiterlesen?", unterbrach er nun mit gereizter Stimme Annes Redefluss.

Mama schüttelte den Kopf. „Nein, wir essen jetzt erst einmal. Und danach gibt es dann noch eine kurze Vorleserunde."

Opa Abraham beobachtete seinen Enkel. Er ahnte, was los war, und beschloss, Lenny vor dem Schlafengehen unter vier Augen darauf anzusprechen.

Doch nach dem Abendessen setzten sich zunächst alle wieder an den Kamin. Opa Abraham nahm das Logbuch und begann, laut vorzulesen.

5. IM INNERN DER BURG

Der Wächter hatte seinen Finger am Abzug seiner Pistole, die auf Boynen, Brummel und Safira gerichtet war. „Na, das ist aber eine Überraschung! Wen haben wir denn da?", rief er grinsend. „Das ist doch tatsächlich dieser nervige Kapitän, der unserem verehrten Herrn Graf so frech ins Handwerk gepfuscht hat!"

Er schaute auf Brummel und Safira. „Und er hat sogar noch zwei seiner Freunde mitgebracht. Ich weiß zwar nicht, wie ihr hier hereingekommen seid. Aber das macht nichts. Für mich ist das nämlich ein Glücksfall!"

An Boynen gewandt, fuhr er fort: „Graf Robos hat demjenigen, der Sie schnappt, eine dicke Belohnung versprochen. Sie haben ihn heute Nachmittag so sehr geärgert, dass er geschworen hat, Sie zu töten, sobald er Sie in die Finger bekommt."

Der Wächter lachte hämisch. „Ich habe Graf Robos noch nie so wütend erlebt. Sie können sich auf etwas gefasst machen!"

Boynen überlegte blitzschnell, wie er den Mann überwältigen konnte.

Doch der hielt so viel Abstand, dass man ihm nicht einfach die Pistole aus der Hand schlagen konnte. Er war offenbar gut ausgebildet und wusste genau, was er tat. Nun ging er um die drei Abenteurer herum, sodass er sich hinter ihrem Rücken befand. „Und jetzt marschiert ihr schön durch diese Tür dort aus dem Bierkeller hinaus. Und keine Zicken! Die Hände bleiben oben. Auf geht's!"

Bevor Boynen, Brummel und Safira dieser Aufforderung folgen konnten, war plötzlich eine schaurig krächzende Stimme zu hören: „Die Flossen hoch, du Wicht!"

Der Wächter erschrak, hatte seine Waffe aber immer noch im Anschlag. Zunächst herrschte eine gespenstische Stille. Danach ertönte ein schreckliches Kreischen, das einem durch Mark und Bein ging.

Als der Wächter jetzt auch noch zwei grüne Augen sah, die ihn aus der Finsternis heraus anstarrten, begann er zu zittern. Dann war erneut diese merkwürdige Stimme zu hören: „Flossen hoch, sonst knallt's!"

Das genügte, um den Mann so einzuschüchtern, dass er die Pistole sinken ließ.

Boynen erkannte sofort seine Chance: Er warf sich blitzschnell auf den Wächter und riss ihn zu Boden. Dabei fiel diesem die Waffe aus der Hand. Aber auch Safira reagierte augenblicklich und hob die Pistole rasch auf.

Es entwickelte sich ein zäher Kampf. Boynen begriff, dass er seinen Gegner unterschätzt hatte: Der Mann war viel stärker als er selbst.

Zum Glück eilte ihm jetzt Brummel zu Hilfe. Und gemeinsam gelang es ihnen innerhalb weniger Sekunden, den sich heftig wehrenden Gegner auf den Boden zu drücken.

Doch nun begann der Besiegte, laut um Hilfe zu rufen.

„Einen Knebel, schnell!", befahl Boynen, während er versuchte, dem Schreienden mit beiden Händen den Mund zuzuhalten.

Safira verstand sofort, was Boynen meinte. Sie riss ein Stofftaschentuch aus ihrer Tasche, knüllte es zusammen und stopfte es dem Wächter in den Mund.

Brummel hielt den Mann weiterhin fest. Unterdessen sprang Boynen auf, holte ein Seil aus seinem Rucksack und fesselte ihn.

Alle atmeten erleichtert auf und Brummel grinste. „Der ist erst einmal versorgt."

In diesem Moment war ein Flattern zu hören, und dann setzte sich die Papageiendame Kiki auf Safiras Schulter. „Die Flossen hoch, ihr Lausbuben!", krächzte sie frech.

Alle mussten lachen – außer natürlich dem Wächter, der ja einen Knebel im Mund hatte und sich über seine eigene Dummheit schwarzärgerte. Er hatte sich also von einem Papagei überlisten lassen – wie peinlich!

Safira streichelte Kiki liebevoll und flüsterte: „Du hast uns gerettet, Kiki. Vielen Dank!"

„Dafür bekommst du später einen großen Maiskolben von mir, Kiki", versprach Boynen.

Die drei Abenteurer sahen sich zufrieden an. Wie gut, dass die Papageiendame so neugierig war und es nicht lange ohne ihre Freunde auf dem Schiff ausgehalten hatte! Wenn sie nicht schnurstracks zu ihnen geflogen wäre, hätte das böse ausgehen können ...

„Was machen wir jetzt?", fragte Safira. „Ich meine, wir wollen uns ja nicht nur diesen roten Lederbeutel holen, sondern auch noch den armen Matrosen befreien. Außerdem müssen wir aufpassen, dass wir nicht noch weiteren Wächtern in die Arme laufen."

Boynen klopfte ihr auf die Schulter. „Das siehst du genau richtig. Deshalb müssen wir äußerst vorsichtig sein. Zunächst einmal müssen wir den Keller verlassen und uns einen Überblick verschaffen. Und weil in gut einer Stunde bereits die Sonne aufgeht und die Zeit langsam knapp wird, müssen wir uns aufteilen."

„Ich suche den Gefangenen und befreie ihn", schlug Brummel vor.

„Na gut, dann übernehmen Safira und ich die Gemächer des Grafen, wo wir hoffentlich diesen roten Beutel finden werden."

Sie gingen durch die Tür, ein Stück den Flur entlang und dann eine Treppe hinauf. Ohne auf irgendjemanden zu treffen, erreichten sie einen großen Burghof, der vom Mond hell erleuchtet war.

Bevor sie ihn betraten, schauten sie sich vorsichtig um. Der Hof war von einer hohen Mauer umgeben, an die mehrere Häuser herangebaut waren. Außerdem gab es noch zwei massive Türme.

Brummel entdeckte sofort ein kleines Gebäude, dessen Fenster komplett vergittert waren. „Das muss das Gefängnis sein."

„Und wo wohnt der Graf?", flüsterte Safira.

Stumm deutete Boynen auf ein größeres Haus, das sich neben einem Pferdestall befand. „Ich vermute, dass er in diesem noblen Anwesen dort residiert."

„Na, dann mal los!", meinte Brummel.

Doch Boynen hielt ihn zurück und zeigte auf einen der beiden Türme. „Warte! Siehst du den Wachmann dort oben? Der Kerl hat einen direkten Blick auf jeden Winkel des Burghofs."

„Den verspeise ich zum Frühstück!", winkte Brummel ab.

Aber Boynen schüttelte den Kopf. „Keine Chance! An den kommst du gar nicht erst ran. Sobald du den Burghof betrittst, wird er entweder sofort Alarm schlagen oder dich gleich mit seinem Gewehr aufs Korn nehmen. Und denk dran – solche Leute handeln nach dem Motto: Zuerst schießen und dann erst fragen."

Brummel runzelte die Stirn. „Wie die Cowboys im Wilden Westen also. Was machen wir nun?"

„Wir müssen eine List anwenden. Nur fällt mir im Augenblick noch nichts ein."

Da begannen Safiras Augen zu leuchten. „Ich hab's! Kommt, wir gehen zurück in den Keller und zapfen dort etwas Bier."

Boynen und Brummel schauten sie verwirrt an, doch Safira fuhr fort: „Und dann machen wir Folgendes ..."

6. EIN WACHMANN WIRD ÜBERLISTET

Der Wachmann schaute wie üblich vom Turm hinab und kontrollierte aufmerksam den Innenhof.

Er ärgerte sich. Dauernd wurde er für die Nachtwache eingeteilt, während die anderen schlafen durften. Es war jetzt schon die vierte Nacht hintereinander, die er hier oben Wache schieben musste. Wahrscheinlich mochte ihn der Graf nicht.

Vielleicht lag es daran, dass er eigentlich ein Deutscher und kein echter Russe war. Oder gab es einen anderen Grund? Er wusste es nicht. Der Graf war jedenfalls sehr launisch.

Während der Wachmann seinen Blick wie gewohnt über den Hof schweifen ließ, nahm er plötzlich eine Bewegung wahr: Ein Mädchen verließ eines der Häuser, überquerte den Hof und kam direkt auf die Eingangstür zum Turm zu. Sie schaute nach oben und winkte freundlich.

Verblüfft winkte der Wachmann zurück.

Nun zeigte das Mädchen auf eine Flasche, die sie in der Hand hielt. Sie gab dem Wachmann mit einer weiteren Geste zu verstehen, dass sie zu ihm nach oben kommen wollte.

Da schüttelte er schnell den Kopf. Er konnte ja nicht laut schreien.

Doch das Mädchen ließ sich nicht beirren und trat schon in den Turm.

Also zuckte der Wachmann mit den Schultern und ließ sie gewähren. Es war ja nur ein harmloses Mädchen – also keine echte Bedrohung. Und da der Graf sehr empfindlich war, wollte er ihn auf keinen Fall durch unnötige Geräusche in seiner Nachtruhe stören.

Das Mädchen huschte die Wendeltreppe hinauf, kam zu ihm und lächelte ihn an.

„Was machst du hier oben?", fragte er leise in russischer Sprache.

Safira, die extra ihre Zöpfe aufgemacht hatte, damit ihr Haar möglichst hübsch aussah, stellte sich schweigend neben ihn. Dann schaute sie verträumt aufs Meer hinaus. Sie tat so, als sei es völlig selbstverständlich, dass sie sich auf dem Turm befand.

„Hast du mich nicht verstanden?", zischte der Wachmann. „Was machst du hier oben?"

Da wandte Safira sich zu ihm und schaute ihn mit großen Kulleraugen an. „Sprichst du auch Deutsch, du gut aussehender junger Mann? Weißt du, ich bin hier auf der Burg nur zu Gast und kann kein Russisch."

Ihr Gegenüber fühlte sich geschmeichelt. Bisher hatte noch niemand „gut aussehender junger Mann" zu ihm gesagt. Außerdem hatte dieses Mädchen irgendetwas Besonderes an sich, sodass er sich sofort zu ihr hingezogen fühlte.

Seine Stimme wurde freundlicher und er antwortete in perfektem Deutsch: „Klar, erstens bin ich selber Deutscher. Und zweitens ist Mellum eine Hafenstadt, in der sowohl Russen als auch Deutsche wohnen. Wir sprechen hier beide Sprachen. Also, für dich noch einmal auf Deutsch: Wer bist du und was hast du hier oben zu suchen?"

„Ich heiße Safira und kann nicht schlafen. Mir ist furchbar langweilig. Ist dir auch langweilig? Ich finde es gemein, dass du nachts Wache schieben musst."

Der Wachmann freute sich, dass endlich mal jemand für ihn Partei ergriff. „Ja, mir ist auch langweilig", gab er zu. „Und du hast recht – ich mag den Wachdienst in der Nacht überhaupt nicht. Aber trotzdem: Du dürftest eigentlich gar nicht hier oben sein. Weißt du, ich bekomme großen Ärger, wenn der Graf das erfährt. Denn das hier ist kein Aussichtsturm, sondern ein Wachturm. Hier oben dürfen sich nur Wachleute aufhalten, verstehst du?"

„Das ist aber schade", erwiderte Safira bedauernd. „Schließlich hat man von hier aus eine so gute Aussicht. Warum ist immer das, was Spaß macht, verboten? Und warum sollte man einem so netten Mann wie dir nicht ein wenig Gesellschaft leisten dürfen?"

Der Wachmann gab sich innerlich einen Ruck. Ach was, es würde schon niemand erfahren, dass er so interessanten Besuch gehabt hatte! „Na gut, du darfst ein wenig hier oben bleiben", räumte er ein. „Aber nur für ein paar Minuten. Danach musst du wieder gehen."

Safira nickte dankbar. Dann zeigte sie auf die Flasche, die sie kurz zuvor mit Bier gefüllt hatte, und lächelte. „Weißt du, ich mag dich. Deshalb gebe ich dir etwas von meinem Getränk ab. Willst du es mal kosten?"

Neugierig nahm der Wachmann die Flasche in die Hand und roch daran. Er stutzte. „Da ist ja Bier drin! Woher hast du das? So etwas darfst du als junges Mädchen doch gar nicht trinken."

Safira schaute ihn mit gespieltem Entsetzen an. „Bier? Oh nein! So was Dummes! Na ja, ich werde es einfach wegleeren und mir etwas anderes holen."

„Halt! Warte!", bat der Wachmann, der schon lange kein Bier mehr getrunken hatte. „Es ist zwar kein deutsches Bier. Aber so wahr ich Hubert Held heiße – es wäre doch schade, diese edlen Tropfen einfach auf den Boden zu schütten. Ich trinke gerne etwas Bier und vertrage es auch sehr gut."

„Klar, bedien dich ruhig", forderte Safira ihn freundlich auf.

Da hob Hubert die Flasche und trank daraus. „Mmm, schmeckt das gut", seufzte er anschließend. „Also, wenn du das wirklich wegleeren willst, wäre das doch eine Verschwendung, oder nicht?"

Safira kicherte. „Nur zu!"

Hubert setzte die Flasche noch einmal an und gönnte sich einen weiteren großen Schluck. Und da er solchen Durst hatte, trank er gleich alles aus.

Im nächsten Moment fing er an zu gähnen. „Also, dieser Gerstensaft ist wirklich nicht schlecht. Vielleicht ist es ja doch deutsches Bier. Aber jetzt solltest du den Turm lieber verlassen. Sonst bemerkt dich noch jemand hier oben."

Er gähnte erneut und hatte nun Mühe, seine Augen offen zu halten.

„Na gut, dann gehe ich eben wieder. Aber gib mir bitte noch die leere Flasche zurück. Ich werde sie mit Wasser ausspülen, damit niemand herausbekommt, dass Bier darin war. Ich wünsche dir noch eine gute Nacht."

„Ich dir auch", sagte Hubert etwas undeutlich. „Und danke für das Bier. Schlaf gut!"

„Gleichfalls!", flüsterte Safira und verließ grinsend den Turm. Dann kehrte sie auf dem schnellsten Weg zu Boynen und Brummel zurück.

„Hat er das Bier getrunken?", wollte Boynen wissen.

Safira nickte zufrieden. „Ja, sogar die ganze Flasche."

„Sehr gut. Jetzt müssen wir nur noch ein paar Minuten warten, bis er eingeschlafen ist."

„Was habt ihr ihm da eigentlich ins Bier gemischt?", fragte Brummel.

„Ein Schlafmittel, das ich von unserer letzten Reise zum Amazonas mitgebracht habe", grinste Boynen. „Es wirkt sehr schnell und wird ihn für ein paar Stunden außer Gefecht setzen."

Anerkennend klopfte er Safira auf die Schulter. „Das war wirklich eine gute Idee von dir! Jetzt haben wir endlich freie Bahn."

Während Brummel vorsichtig auf das Gefängnis zusteuerte, gingen Safira und Boynen zur Haustür des Grafen.

Kiki, die auf Safiras Schulter saß, knabberte zärtlich an Safiras Ohrläppchen.

„Hör auf, Kiki!", flüsterte Safira. „Das kitzelt. Du machst mich noch nervöser, als ich es ohnehin schon bin."

Boynen drückte die Klinke hinunter und wunderte sich. „Die Tür ist offen. Das kommt mir aber seltsam vor."

„Stimmt", wisperte Safira. „Irgendwie habe ich kein gutes Gefühl. Hoffentlich geht alles gut."

Sie betraten einen kleinen Flur, der direkt hinter der Eingangstür lag, und schlossen diese wieder. Unter ihnen knarrte ein Holzboden, der von einem Teppichläufer bedeckt war. Staub lag in der Luft, er erzeugte bei Safira ein starkes Kitzeln in der Nase. Schnell hielt sie sich mit Daumen und Zeigefinger die Nase zu, um den heftigen Niesreiz zu unterdrücken.

Nachdem die beiden den Flur durchquert hatten, kamen sie in eine große Empfangshalle, die das ganze Erdgeschoss einnahm. Im Gegensatz zum Eingangsflur hatte dieser Saal einen Steinboden, der beim Betreten keine Geräusche verursachte.

Es brannte kein Licht. Doch das war auch nicht nötig, weil der Mond, der durch die Fenster schien, für genügend Helligkeit im Raum sorgte.

Safira zeigte auf eine breite Steintreppe, die von der Empfangshalle nach oben führte. „Schau mal – dort! Ich gehe voran."

Doch Boynen hielt sie zurück. „Es reicht, wenn ich mich allein oben umsehe. Du bleibst am besten hier unten und wartest auf mich. Ich habe nämlich Sorge, dass Kiki ihren Schnabel nicht halten kann und jemand aufweckt."

„Schnabel! Babel!", krächzte Kiki leise vor sich hin.

Safira zuckte mit den Achseln; sie sah ein, dass Boynen recht hatte.

Also schlich dieser leise die Treppe hinauf. Den prächtigen Ölgemälden, die an den Wänden hingen, schenkte er keine Beachtung. Für ihn war nur wichtig, möglichst schnell den roten Lederbeutel zu finden!

Im ersten Stock lag ein weiterer großer Raum vor ihm, der ebenfalls fast das gesamte Stockwerk einnahm. Das musste der Speisesaal sein. Denn in der Mitte des Saals stand ein großer Holztisch, der sicherlich zwanzig Personen Platz bot.

Auf der linken Seite schloss sich eine große Küche an, deren Tür offen stand. Um Überraschungen zu vermeiden, überzeugte Boynen sich überall davon, dass die Luft rein war. Aber sogar die Küche war leer.

Da sich die Schlafgemächer offenbar einen Stock höher befanden, wandte er sich wieder der Treppe zu. Er wollte gerade hinaufsteigen, als er von oben ein Geräusch hörte. Eine Tür im zweiten Obergeschoss öffnete sich.

Schnell blickte Boynen sich um. Die einzige Möglichkeit, sich zu verstecken, war unter dem Tisch. Er kroch darunter und machte sich so klein wie möglich.

Er hatte keine Sekunde zu früh reagiert, denn schon kamen zwei Personen die Treppe herunter und marschierten direkt an ihm vorbei in die Küche. Boynen versuchte, die Gesichter zu erkennen, doch dafür war es zu dunkel.

Erst als in der Küche eine Lampe angezündet wurde, konnte er einen richtigen Blick auf die Gesichter erhaschen: Es waren Graf Robos und seine Frau! Anscheinend hatten sie in der Nacht Hunger bekommen und wollten sich etwas zu essen holen.

Eine Schranktür quietschte, dann klirrte Geschirr.

„Die Lammkeule ist etwas zäh", erklärte Graf Robos kurz darauf schmatzend. „Dafür werde ich den Metzger bestrafen."

„Richtig so!", kicherte seine Frau zufrieden. „Man muss sich das dumme Volk erziehen, sonst macht es, was es will. Am besten steckst du ihn für eine Woche ins Gefängnis, damit er uns in Zukunft nur noch das beste Fleisch verkauft. Genügend Platz haben wir jetzt ja wieder."

„In der Tat! Die Zellen sind leer. Der Schwarze Pirat hat mir ja gestern alle Gefangenen abgenommen."

Boynen stutzte. Hatte er richtig gehört? Der Schwarze Pirat? Dann steckte dieser Graf Robos also mit dem gefährlichsten aller Piraten unter einer Decke. Na, das passte ja gut zusammen. Gespannt lauschte Boynen weiter.

„Was macht er mit den Gefangenen?", fragte Graf Robos' Frau.

„Er lässt sie von seinen Leuten nach Madagaskar bringen, und dort werden sie dann als Sklaven verkauft."

Die Frau lachte wie eine Hyäne. „Praktisch! Dadurch sind wir sie endlich los. Und der Schwarze Pirat verdient auch noch etwas daran."

„Klar, sonst würde er es ja nicht machen. Nur schade, dass er gestern nicht eine Stunde früher hier aufgetaucht ist. Sonst hätte er sich auch noch um diesen frechen Käpten Sturm kümmern können."

„Warum sollte er dir bei deinen Problemen helfen? Der denkt doch immer nur an sich selbst."

„Das stimmt", bestätigte Graf Robos. „Aber in diesem Fall ist es etwas anderes: Er hat nämlich selber schon eine unliebsame Bekanntschaft mit diesem dreisten Abenteurer gemacht. Ja, der Schwarze Pirat hat mit Käpten Sturm noch eine ganz persönliche Rechnung offen. Glaub mir, er hätte ihn in Stücke gehauen."

„Wenn du meinst. Was ist übrigens mit dem deutschen Matrosen passiert, dem du gestern den roten Beutel abgenommen hast?", wollte Graf Robos' Frau wissen. „Ich glaube, sein Name war Rudolf Schmidt oder so."

„Den hat der Schwarze Pirat auch mitgenommen."

Boynen atmete tief durch. Damit war klar, dass sie den Gefangenen nicht befreien konnten.

Graf Robos' Frau redete weiter: „Hast du den Lederbeutel schon genauer anschauen können?"

„Nein, das mache ich gleich morgen früh in aller Ruhe, sobald es hell ist. Er liegt griffbereit auf meinem Nachttisch."

Der Graf nahm noch einen Bissen, doch dann schleuderte er wütend die zähe Lammkeule in eine Ecke. „Also, das Zeug schmeckt wie Leder. Zum Glück haben wir noch zwei gebratene Hähnchen. Wie wär's, wenn wir die im Schlafzimmer verspeisen würden?"

„Nein, Robos! Du weißt doch, dass ich den Geruch von Essen im Schlafzimmer nicht ausstehen kann. Gegessen und getrunken wird nur hier unten am Tisch, sonst nirgends!"

Boynen bekam einen Schreck. Er musste schleunigst verschwinden, bevor die beiden sich hier im Speisesaal an den Esstisch setzen würden!

Zum Glück schaffte er es, unbemerkt zu der Treppe zu gelangen, die ins zweite Obergeschoss führte. Schnell eilte er hinauf und sah sofort eine offene Tür. Das musste das Schlafzimmer sein.

Er schlüpfte hinein, ging zum Nachttisch und sah dort tatsächlich den roten Lederbeutel, den er sogleich in seine Manteltasche steckte. Daneben entdeckte er noch ein Notizbuch. Auch dieses nahm er an sich, wandte sich um und verließ das Schlafzimmer wieder. Jetzt musste er nur noch ungesehen ins Erdgeschoss gelangen.

Als er die Treppe wieder hinunterschlich, stellte er fest, dass sich Graf Robos und seine Frau immer noch in der Küche aufhielten.

Und so huschte er rasch ins Erdgeschoss, wo ihn Safira bereits ungeduldig erwartete. Das lief ja alles sehr viel besser, als sie es sich erhofft hatten!

„Ich habe den Lederbeutel", flüsterte er. „Los, schnell weg von hier, bevor man uns bemerkt."

Ohne weitere Worte zu verlieren, schlüpften sie vom Saal durch die Tür in den kleinen Eingangsflur, um von dort aus in den Burghof zurückzukehren. Sie traten auf den Teppichläufer und erschraken ...

Denn plötzlich sackte der Teppichläufer unter ihnen weg. Sie verloren den Halt unter den Füßen und stürzten in die Tiefe. Nach etwa drei Metern freiem Fall schlugen sie auf einem kalten Kellerboden auf. Glücklicherweise federte der Teppichläufer unter ihnen den Aufprall etwas ab, sodass sie sich nicht verletzten.

Safira raffte sich als Erste auf. „Was ist passiert?"

Beide schauten nach oben und sahen über sich eine große geöffnete Falltür. Um sie herum gab es nichts als eine etwa drei Meter hohe glatte Wand, an der man sich nirgends festhalten konnte.

„Oh nein! Wir sind in ein Kellerloch gestürzt", stellte Boynen fest. „Und wie es aussieht, gibt es keinen anderen Ausgang als diese Falltür. Wir sind gefangen."

In diesem Moment ertönte über ihnen ein hämisches Lachen. Wenig später sahen sie das Gesicht von Graf Robos, der mit einer Lampe in der Hand am Rand der Öffnung stand und zu ihnen herabschaute. „Hahaha! Und ob ihr gefangen seid! Aus diesem Loch kommt ihr ohne Hilfe nicht mehr heraus. Hahaha!"

Er leuchtete etwas weiter in das Kellerloch hinein. „Wen haben wir denn da? Käpten Sturm? Na, das ist ja ein dicker Fang! Ich hatte gehofft, dass du mir auf den Leim gehst. Jetzt habe ich dich endlich! Hahaha!"

Brummel stand vor einer von innen verriegelten Tür und versuchte, sie irgendwie zu öffnen. Bisher war es ihm nicht gelungen, sosehr er sich auch bemüht hatte.

Doch endlich kam ihm eine Idee, wie er es schaffen konnte: Er konnte die Spitze seines Dolchs, den er vorsorglich mitgenommen hatte, durch eine schmale Türritze stecken. Da sich diese Ritze glücklicherweise genau an der richtigen Stelle befand, musste es möglich sein, mit der Messerspitze den Riegel zurückzuschieben. Nach mehreren erfolglosen Versuchen klappte das auch tatsächlich.

Brummel ärgerte sich, denn er hatte viel Zeit verloren. Leise öffnete er die schwere Holztür und trat ein.

Zu seinem Erstaunen lag das gesamte Gefängnis vollständig im Dunkeln. Alles war ruhig. Schliefen die Gefangenen etwa alle so tief und fest, dass man überhaupt nichts hörte? Und was war mit dem Wärter? War der gerade auf einem Kontrollgang?

Vorsichtig pirschte sich Brummel an den Bereich heran, in dem er die Gefängniszellen vermutete.

Nachdem sich seine Augen an die Dunkelheit gewöhnt hatten, sah er jedoch, dass alle Zellentüren offen standen. Es gab gar keine Gefangenen. Was war hier los?

Plötzlich hörte er eine weinerliche Stimme, die aus einer der Zellen zu dringen schien.

„Hallo? Wer ist dort?", fragte er leise.

„Ich bin hier!", wimmerte es. „Hilf mir!"

Brummel betrat die nächstgelegene Zelle und schaute sich gründlich darin um. Doch da war niemand.

Auf einmal fiel hinter ihm krachend die Tür zu und im Schloss wurde ein Schlüssel umgedreht.

Dann hörte er von außen eine tiefe Stimme: „Endlich habe ich wieder einen Gefangenen, und was für einen großen Brocken! Da wird sich der Graf aber freuen."

Als das Licht einer Öllampe aufflammte, erblickte Brummel das Gesicht des Gefängniswärters, der höhnisch lachte.

Brummel war gefangen.

7. Du bist nicht allein

Als bei Familie Schmidt das Telefon klingelte, legte Opa Abraham das Logbuch zur Seite.

Mama sprang sofort auf und nahm das Gespräch entgegen: „Ja?"

„..."

„Moment, ich gebe Ihnen meinen Mann." Mama reichte Papa das Telefon. „Für dich."

„Schmidt?"

„..."

Neugierig rückten Lenny und Anne dichter an Papa heran und versuchten herauszubekommen, wer der späte Anrufer war. Doch Papa zog die Augenbrauen hoch, als wollte er sagen, sie sollten doch bitte Geduld haben.

Kurze Zeit später legte er auf und erklärte: „Es gab einen Wasserschaden in einem unserer Hotelzimmer. Der diensthabende Portier ist verzweifelt. Ich muss sofort losfahren und ihm helfen. Keine Ahnung, wann ich wieder da bin. So etwas kann lange dauern."

Er wandte sich an Mama und gab ihr einen Kuss. „Du brauchst nicht aufzubleiben und auf mich zu warten." Dann wünschte Papa allen noch eine gute Nacht und verschwand durch die Tür. Wenig später konnte man hören, wie die Haustür zufiel und das Auto ansprang.

Lenny und Anne sahen sich enttäuscht an. Nun war die Vorleserunde bestimmt vorüber, dabei war es gerade so spannend gewesen!

„Warum wird Papa so oft angerufen?", jammerte Anne. „Er hat doch schon lange Feierabend."

„Papa ist eben der Chef", meinte Lenny achselzuckend. „Und er wird immer dann gerufen, wenn es Probleme gibt, welche die anderen nicht lösen können ..."

„... oder wollen", ergänzte Mama seufzend. „Ansonsten hast du das sehr gut erklärt, Lenny. Ja, als Manager des Hotels ist Papa dafür verantwortlich, dass alles rundläuft."

„Ich will niemals Manager werden", verkündete Anne bestimmt.

„Ich auch nicht", schloss Lenny sich ihr an. „Warum hat sich Papa nur so einen blöden Beruf ausgesucht? Der ist doch voll anstrengend!"

Mama lächelte. „Na ja – als Chef des Hotels verdient er ja ganz gut, sodass wir uns dieses Haus hier leisten können. Und Papa ist gerne Manager, weil dieser Job sehr abwechslungsreich ist."

Das leuchtete den Kindern ein.

Nach einer kurzen Pause schlug Lenny vor: „Wenn Papa seine Arbeit so viel Spaß macht, dann hat er sicherlich nichts dagegen, wenn wir schon mal ohne ihn weiterlesen. Er kann ja alles selber nachlesen, wenn er nach Hause kommt."

Doch Mama schüttelte den Kopf. „Erstens hören wir die Geschichte von Käpten Sturm nur gemeinsam. Und zweitens ist es schon spät. Ihr müsst ins Bett. Morgen ist auch noch ein Tag."

Da gaben sich Lenny und Anne geschlagen. Sie marschierten in die Küche und tranken noch etwas Wasser. Dann liefen sie die Treppe hinauf, putzten sich die Zähne, wuschen sich und zogen ihre Schlafanzüge an.

„Mama, dürfen wir noch eine Weile lesen?", rief Lenny durchs Treppenhaus hinunter.

„Ja, aber nur eine halbe Stunde", antwortete sie. „Dann ist Schluss."

Anne verzog sich in ihr Zimmer und nahm ein Pferdebuch aus dem Regal, das sie sich im Bett anschaute. Doch nach ein paar Minuten war sie so müde, dass sie das Buch zur Seite legte und das Licht ausmachte.

Lenny griff nach dem Piratenbuch, das er schon zur Hälfte durchgelesen hatte, und schlug es auf.

Aber gleich darauf merkte er, dass ihn die Geschichte gerade überhaupt nicht interessierte. Er legte das Buch weg und starrte an die Decke. *Warum habe ich in der Schule nur so viele Probleme?*, überlegte er. *Was haben diese blöden Jungs gegen mich? Was habe ich bloß falsch gemacht?*

Plötzlich klopfte es an der Tür.

„Ja?"

Die Tür ging auf und Opa Abraham trat herein. Er rückte einen Stuhl an Lennys Bett und setzte sich. „Was ist denn los mit dir, mein Junge?", erkundigte er sich freundlich.

Doch Lenny schaute ihn nur traurig an und schwieg.

„Du kannst mir ruhig alles erzählen. Ich will dir helfen."

„Mir kann man nicht helfen", meinte Lenny völlig frustriert.

Opa Abraham blickte ihm in die Augen. „Unterschätze deinen Großvater nicht. Hat man dich wieder geärgert?"

„Ja", gab Lenny zu.

„Auf der Schlittschuhbahn?"

„Ja."

„Waren es dieselben Jungs wie sonst auch?"

Lenny zögerte kurz, bevor er antwortete. „Na ja, Max lässt mich inzwischen in Ruhe. Aber der war heute gar nicht dabei, weil er krank ist."

Max war eigentlich der Anführer der Jungs, die Lenny dauernd ärgerten. Doch Opa Abraham war gemeinsam mit Lenny zu Max nach Hause gegangen und hatte mit ihm geredet. Das hatte bewirkt, dass Max sein Verhalten Lenny gegenüber geändert hatte. Die drei anderen Jungs interessierte das allerdings nicht. Sie machten munter weiter, auch ohne Max.

„Die sind alle gegen mich, Opa Abraham. Was mache ich nur falsch?" Jetzt liefen Tränen über Lennys Wangen und er schluchzte laut.

Opa Abraham reichte ihm ein Taschentuch und ließ ihn erst einmal weinen. Den eigenen Kummer immer nur runterzuschlucken, war auch nicht gut, das wusste er.

Nach einer Weile legte er seine Hand auf Lennys Schulter. „Weißt du, Lenny – ich wurde in der Schule früher auch gemobbt, genau wie du."

Verblüfft setzte Lenny sich im Bett auf und schaute seinen Opa mit großen Augen an. *„Du* wurdest geärgert? Das kann ich mir gar nicht vorstellen."

„Doch, Lenny, es stimmt leider. Aber ich habe damals etwas Wichtiges gelernt, das ich dir gerne weitergeben möchte."

„Was denn?"

„Nicht *alle* sind gegen dich. Schau mal, es ist doch eigentlich nur eine ganz kleine Gruppe, die dich quält. Die anderen haben nur keinen Mut, etwas dagegen zu sagen."

„Und warum?", flüsterte Lenny.

„Vielleicht haben sie Angst, selber gemobbt zu werden – ich weiß es nicht. Aber du musst dich immer wieder daran erinnern, dass nicht die ganze Klasse gegen dich ist."

„Bist du sicher?", fragte Lenny kläglich.

Opa Abraham nickte nachdrücklich. Dann fuhr er fort: „Außerdem bist du überhaupt nicht schuld daran, dass diese Jungs dich ärgern. Du musst einfach wissen, dass nicht *du* Unrecht tust, sondern diejenigen, die dich mobben. Wie heißen sie noch mal?"

Lenny wischte sich mit dem Handrücken über die Augen. „Jochen, Moritz und Carsten – und bis vor Kurzem war ja noch Max dabei. Aber der hält sich jetzt glücklicherweise zurück."

„Na, siehst du! Daran merkst du doch, dass sich schon etwas getan hat. Und das mit den anderen drei Jungs – das kriegen wir auch noch in den Griff, glaub mir. Du bist nicht allein! Dein Opa steht dir zur Seite."

„Danke, Opa Abraham", schniefte Lenny. „Aber was willst du gegen diese Typen unternehmen?"

„Weißt du, Lenny, manche Jungs fühlen sich stark, wenn sie in der Gruppe zusammen sind. Dann denken sie, dass andere sich alles gefallen lassen und dass sie mit ihrem üblen Verhalten durchkommen. Aber das werden sie nicht! Verlass dich drauf. Wir werden etwas unternehmen. Und dazu müssen wir erst einmal Licht ins Dunkel bringen."

„Was meinst du damit?"

Opa Abraham kramte einen Notizblock hervor und zückte einen Bleistift. „Wir müssen aufschreiben, was diese Jungs dir antun, und zwar ganz genau. So haben wir etwas in der Hand. Es ist immer gut, etwas zu dokumentieren. Das ist der erste Schritt. Also, erzähl mir mal der Reihe nach, was alles passiert ist ..."

Lenny holte tief Luft und dann sprudelte alles aus ihm heraus. Es tat wirklich gut, sich alles von der Seele zu reden. Und Opa Abraham machte sich unterdessen sorgfältig Notizen.

Zum Schluss war Lenny so müde, dass er kaum noch die Augen offen halten konnte. Aber er war sicher, dass er in dieser Nacht problemlos schlafen würde. Denn er fühlte sich tatsächlich getröstet.

Als Lenny am nächsten Morgen aufwachte, fiel ihm gleich sein Gespräch mit Opa Abraham wieder ein. Er war immer noch zuversichtlich, und er vertraute darauf, dass Opa Abraham ihm helfen würde. Wie das zugehen sollte, war ihm zwar noch völlig unklar.

Aber Lenny hatte begriffen, dass es wichtig ist, seine Probleme erst einmal laut auszusprechen. Mit einer Vertrauensperson zu reden, ist immer eine große Hilfe. Denn nur so kann man die Probleme gemeinsam anpacken und dann auch lösen.

Weil Samstag war, gab es an diesem Morgen bei Familie Schmidt ein besonders leckeres Frühstück. Das genossen alle ausgiebig. Und hinterher setzten sie sich wieder an den Kamin und warteten gespannt darauf, wie die Geschichte von Käpten Sturm weiterging.

8. GEFANGEN IN MELLUM

Mittlerweile stand Graf Robos' Frau neben ihm und schaute ebenfalls ins Kellerloch hinab. „Gib es zu, Robos! Du hast es nur meiner Klugheit zu verdanken, dass dir diese beiden Eindringlinge ins Netz gegangen sind", kicherte sie zufrieden.

Da Graf Robos nicht sofort darauf antwortete, fuhr sie fort: „Wenn *ich* die ungebetenen Gäste nicht mit meinen guten Ohren gehört hätte, dann wären sie jetzt entkommen."

„Schweig, du dumme Frau!", fauchte Graf Robos wütend. „Ich habe sie auch gehört und von der Küche aus sofort den Hebel für die Falltür gezogen."

Er wandte sich an Boynen: „Ich hatte gehofft, dass du mir auf den Leim gehen würdest, Käpten Sturm. Oder soll ich dich Boynen nennen?"

Boynen hob die Augenbrauen und blickte ihm kühl ins Gesicht. „Ich denke, wir sollten ruhig noch etwas länger die Form wahren, Herr Graf. Dadurch bringt man gegenseitigen Respekt zum Ausdruck, meinen Sie nicht auch?"

Graf Robos lachte schallend. „Du bildest dir wohl viel auf deine guten Manieren ein, was?" Dann verzog sich sein Gesicht zu einem boshaften Grinsen. „Aber all diese Höflichkeit wird dir nichts nützen, mein Junge. Es gibt für euch beide nämlich nur zwei Möglichkeiten."

„Und welche?", fragte Safira.

„Erstens: Ich wecke jetzt sofort meine Leute. Und die werden euch noch heute Nacht am nächsten Galgen aufknüpfen."

„Diese Möglichkeit gefällt mir nicht ganz so gut", erklärte Boynen freundlich. „Was können Sie uns sonst noch anbieten?"

„Ich lasse euch am Leben – im Austausch gegen die Holzkugel aus der Räuberhöhle. Die brauche ich nämlich noch. Einer von Rakans Leuten hat mir verraten, dass ihr sie meinem Freund direkt aus seiner Schatzkammer gestohlen habt.

Es ist doch manchmal sehr praktisch, wenn jemand ein bisschen neugierig ist, oder nicht? Der Kerl hatte schon vorher herumgeschnüffelt und sich die Beute ganz genau angesehen. Und nachdem er mit seinen Kameraden von euch überlistet wurde, hat er gemerkt, was ihr aus der Schatzkammer entwendet habt. Obwohl er festgenommen wurde, konnte er diese Information an mich weiterleiten. Und dafür werde ich ihn gut bezahlen!"

„Tolle Freunde haben Sie!", zischte Safira empört. Sie konnte ihren Ärger nicht länger unterdrücken. „Rakan ist ein berüchtigter Räuberhauptmann, der jetzt zum Glück im Gefängnis sitzt. Nein, mit Ihnen machen wir keine Geschäfte!"

„Dann müsst ihr sterben", kicherte Graf Robos' Frau hämisch und beugte sich noch etwas weiter über das Kellerloch. „Und was den Räuberhauptmann angeht: Der Schwarze Pirat – mit dem wir übrigens ebenfalls befreundet sind – hat uns erzählt, dass Rakan aus dem Gefängnis entkommen konnte.

Na, vielleicht sollten wir euch doch lieber an Rakan oder den Schwarzen Piraten ausliefern. Beide haben nämlich noch eine dicke Rechnung mit euch offen. Also überlegt euch, was ihr von unserem großzügigen Angebot haltet: euer Leben gegen die Holzku..."

Bevor die Frau ausreden konnte, ertönte hinter ihr ein furchtbares Kreischen. Dann spürte sie ein paar scharfe Krallen in ihrem Nacken.

Vor lauter Schreck begann sie zu schwanken und ruderte mit den Armen, um nicht in das Loch zu stürzen. Als sie merkte, dass das nichts nützte, hielt sie sich an ihrem Mann fest, der direkt neben ihr stand.

Das war jedoch ein großer Fehler, denn auf diese Weise riss sie Graf Robos mit sich in die Tiefe. Beide krachten auf den kalten Kellerboden, wie kurz zuvor Boynen und Safira, nur dass sie sich dabei wehtaten.

Jammernd und schimpfend schauten sie nach oben. Da sahen sie einen bunten Vogel, der sie vom Rand der Falltür mit seinen grünen Augen anstarrte.

Im nächsten Moment hörten sie eine krächzende Stimme: „So ein Pech, so ein Pech!"

Käpten Sturm lachte vergnügt und fügte hinzu: „Herzlich willkommen in Ihrem Kellerloch, Herr Graf! Echt gemütlich hier, finden Sie nicht auch?"

Und Safira meinte grinsend: „Kiki schafft sie alle!"

Im Gefängnis trat der Wärter näher an Brummel heran und sagte spöttisch: „Du bist ja so dumm, Fremder. Lässt dich doch tatsächlich von mir überlisten!"

Die Zelle hatte keine massive Wand, sondern war lediglich mit einigen Gitterstäben vom Flur abgetrennt. Daher konnte Brummel mit beiden Händen zwischen den Stäben hindurchgreifen.

Er packte den Wärter am Kragen und versetzte ihm einen kräftigen Schlag. Das genügte, dass der Wärter zu Boden ging und direkt vor dem Gitter liegen blieb.

„Selber dumm!", schmunzelte Brummel und zog dem Bewusstlosen den Schlüssel aus der Tasche. Dann öffnete er die Zellentür, sperrte den Wärter an seiner Stelle ein und verließ das Gefängnis wieder.

Im Hof traf er auf Boynen und Safira, die mithilfe eines kleinen Enterhakens und eines Seils aus Boynens Rucksack entkommen waren. Natürlich hatten sie Graf Robos und seine Frau vorher noch sorgfältig gefesselt und geknebelt. Es würde den beiden nicht schaden, einige Stunden in dem Kellerloch zu verbringen, bis sie von ihren Leuten gefunden wurden.

Rasch verließen die drei Abenteurer die Burg wieder, und zwar auf demselben Weg, auf dem sie hineingelangt waren. Zuletzt sprangen sie ins Ruderboot, wo Seebär bereits auf sie wartete.

„Na, hat es euch Spaß gemacht, die Burg zu besichtigen?", grinste er.

„Klar, wir sind voll auf unsere Kosten gekommen", erwiderte Boynen vergnügt. „Jetzt aber nichts wie weg hier! Die Sonne geht gleich auf. Und ich habe keine Lust, mich auch noch mit Robos' Leuten herumzuschlagen."

Bei Sonnenaufgang erreichten sie die *Esmeralda,* legten sofort ab und segelten der Heimat entgegen. Zwar hatten sie den armen Matrosen Rudolf Schmidt leider nicht befreien können. Doch Boynen hatte sich Graf Robos' Notizbuch genauer angeschaut und glaubte nun zu wissen, wo er ihn finden konnte.

Dieser Mann konnte ihnen bestimmt dabei helfen, Safiras verschollene Eltern aufzuspüren. Und vielleicht würde es ihnen mit seiner Unterstützung sogar gelingen, den Schatz der Nebelberge zu entdecken.

Als die *Esmeralda* ihren Heimathafen erreicht hatte, gingen Boynen, Brummel, Seebär, Safira und Igor von Bord. Die Mannschaft hatte den Auftrag, zu bleiben und das Segelschiff schon einmal für eine lange Reise startklar zu machen.

„Was geschieht jetzt mit mir?", fragte Igor, dem während der kurzen Fahrt von Mellum nach Waldmünde die ganze Zeit schlecht gewesen war.

Boynen schaute ihn freundlich an. „Also, auf eine Weltreise können wir dich unmöglich mitnehmen, wenn du dauernd seekrank wirst. Aber ein Freund von mir hat einen großen Bauernhof. Er hat schon viele Waisenkinder aufgenommen und sicherlich auch noch einen Platz für dich frei. Möchtest du gerne dorthin?"

Strahlend versicherte Igor: „Aber natürlich möchte ich das. Ich bin auch bereit, hart zu arbeiten."

Safira, die Boynens Freund gut kannte, zwinkerte ihm zu. „Bist du auch bereit, zur Schule zu gehen?"

„Was meinst du damit?", fragte Igor irritiert.

„Na, was ich gesagt habe. Dieser Mann nimmt nämlich keine Waisen auf, um billige Arbeitskräfte für seinen Bauernhof zu gewinnen. Sondern er möchte benachteiligten Kindern helfen. Er hatte selber eine schwere Kindheit und möchte sich jetzt dafür einsetzen, dass andere eine Chance im Leben bekommen. Deshalb wird er dafür sorgen, dass du zur Schule gehst."

Igor konnte sein Glück kaum fassen und grinste von einem Ohr zum anderen. „Das ist ja fantastisch! Ich habe schon immer davon geträumt, Lesen, Schreiben und Rechnen zu lernen."

Er ging auf Boynen und Safira zu und umarmte die beiden stürmisch.

Nachdem Igor auf dem Bauernhof eine neue Heimat gefunden hatte, kehrten Boynen, Seebär, Brummel und Safira nach Bodenwald zurück. Sie wohnten dort alle gemeinsam im Schmugglerhaus.

Kaum waren sie zur Tür hereingekommen, stellte Seebär sich an den Herd und kochte einen leckeren Eintopf. Als er fertig war, setzten sich alle gemeinsam an den Esstisch und sprachen ein Tischgebet.

In diesem Moment klopfte es an der Tür. Safira stand auf und öffnete.

Vor ihr stand Aurora von Waldmünde. Die beiden begrüßten sich herzlich und dann brachte Safira den Gast in die Küche.

Als Boynen Aurora sah, ließ er den Löffel fallen und starrte sie an. Sein Herz raste vor Aufregung und ein Glücksgefühl erfasste ihn. Aurora war so hübsch, dass sie jedes Männerherz zum Schmelzen bringen musste. Aber das war nicht der einzige Grund, weshalb Boynen so aus der Fassung geriet.

Die beiden waren zusammen zur Schule gegangen und Boynen war schon seit Jahren in Aurora verliebt. Mehr noch: Sie war für ihn die Frau seines Lebens. Nur leider traute er sich nicht, ihr das zu sagen.

Auch Aurora wusste genau, wen sie heiraten wollte: niemand anderen als Käpten Wilbert Boynen Sturm.

Doch es gab ein Problem: Aurora war eine Adlige. Und Boynen war zwar der Kapitän eines Schiffes, aber er gehörte nicht zum Adelsstand. Und in Auroras Verwandtschaft galt immer noch die alte Regel, dass eine Adlige niemals einen Nicht-Adligen heiraten durfte.

Nachdem Käpten Sturm jedoch extra zum Amazonas gereist war, um Auroras Mutter das Leben zu retten, gab es Hoffnung für die Liebe zwischen Boynen und Aurora. Denn nun waren Auroras Eltern endgültig davon überzeugt, dass ihre Tochter keinen besseren Mann finden konnte. Und sie hatten inzwischen sogar ihrer verstaubten Verwandtschaft beigebracht, dass manche Traditionen völliger Unsinn waren.

Nein, gegen einen so mutigen Abenteurer und tapferen Helden wie Käpten Sturm durfte einfach niemand etwas einwenden. Tatsächlich mochte ihn jeder, und alle warteten insgeheim darauf, dass er bei Auroras Eltern um ihre Hand anhalten würde.

Nur leider hatten Aurora und Boynen noch nicht in Ruhe darüber sprechen können, was sie füreinander empfanden.

Jetzt sprang Boynen auf und trat auf Aurora zu. „Aurora, schön, dich zu sehen. Was für eine Überraschung! Was führt dich zu mir ... äh, uns?"

Die junge Frau atmete tief durch. Dann wisperte sie: „Ich wollte dich sehen, Boynen."

Für eine junge Dame gehörte es sich eigentlich nicht, so etwas zu einem Mann zu sagen. Aber warum sollte sie sich verstellen?, dachte Aurora trotzig. Sie sprach doch nur aus, was sie fühlte.

„Ich habe dich auch vermisst, Aurora. Komm, setz dich zu uns. Seebär hat wieder einmal etwas sehr Leckeres gekocht."

Ohne einen Augenblick zu zögern, ließ Aurora sich dicht neben Boynen am Tisch nieder.

Seebär lächelte verschmitzt, während er ihr einen Teller bis zum Rand füllte.

Aurora war sicher, dass sie diese riesige Portion niemals essen konnte. Doch nachdem sie ein paar Löffel gekostet hatte, änderte sie ihre Meinung. Dieser Eintopf schmeckte so gut, dass man nicht genug davon bekommen konnte!

Bewundernd erklärte sie: „Du bist der beste Koch der Welt, Seebär. Kein Wunder, dass jeder Matrose am liebsten auf eurem Schiff anheuern möchte. Mich haben schon etliche Leute darum gebeten, bei Käpten Sturm ein gutes Wort für sie einzulegen."

Boynen grinste. „Na ja, für die jetzt anstehende Weltreise haben wir bereits genügend Männer, die uns begleiten. Aber ..."

Er zögerte – sollte er es wirklich aussprechen? „Aber eine Frau könnten wir vielleicht noch gebrauchen."

Erstaunt schaute ihn Aurora mit ihren ausdrucksvollen dunklen Augen an. Meinte er das ernst?

Für einen Moment wurde es still, und als Aurora immer noch nichts sagte, fragte Boynen ganz konkret: „Aurora, hättest du Lust, uns auf der nächsten Reise zu begleiten?"

„Könntet ihr mich denn gebrauchen?", erkundigte sie sich, während sie mit der Hand durch ihre langen braunen Haare fuhr.

„Ja, natürlich! Wir wären sehr froh, dich dabeizuhaben. Nicht zuletzt, weil du eine ganz besondere Begabung besitzt: Du kannst auch die schwersten Rätsel lösen. Sogar solche, bei denen jeder andere aufgeben würde. Und es gibt tatsächlich ein Rätsel, bei dem keiner von uns weiterkommt."

„Warum willst du mich nicht einfach einweihen, und ich versuche, dieses Rätsel daheim zu lösen?"

„Weil uns die Zeit davonläuft", antwortete Boynen.

„Vielleicht solltet ihr mir zunächst einmal erzählen, was ihr vorhabt und worum es bei eurer Reise geht."

Alle nickten eifrig. Und dann berichteten Boynen, Safira, Brummel und Seebär abwechselnd, was sich bis dahin ereignet hatte.

Boynen schloss mit dem Satz: „Und wenn wir dem Gefangenenschiff jetzt nicht ganz schnell folgen und den armen Matrosen befreien, dann lassen die Piraten ihn irgendwo in Madagaskar verschwinden."

Das leuchtete der jungen Frau ein, doch sie zögerte immer noch. „Ich wollte euch ja schon lange einmal auf einer Seereise begleiten. Aber ich weiß nicht ..."

Aurora war nun mal nicht ganz so abenteuerlustig wie die anderen – sie wusste, dass so eine Fahrt auch sehr gefährlich sein konnte. Andererseits vermisste sie Boynen immer furchtbar, wenn er unterwegs war. Und in diesem Fall würde sie wieder sehr lange auf ihn warten müssen.

Deshalb schaute sie dem jungen Käpten tief in die Augen. „Gibt es vielleicht noch einen weiteren Grund, warum du mich dabeihaben möchtest?"

Boynen war ein wenig unsicher. Sollte er es wirklich aussprechen? Doch schließlich gab er sich einen Ruck. „Ja, Aurora, es ist nämlich so ... ich liebe dich!"

Jetzt war es endlich raus.

Alle klatschten, und Kiki, die auf Safiras Schulter saß, krächzte laut: „Er liebt sie!"

Aurora wurde rot. Dann atmete sie tief durch und lächelte. „Na, wenn das so ist ... dann komme ich natürlich mit."

Die anderen jubelten vor Freude. Denn alle hatten Aurora ins Herz geschlossen. Und Safira überlegte insgeheim, dass es ganz nett sein könnte, unter all den Männern auch ab und zu mal mit einer Frau zu reden. Es gab doch manche Fragen, die sie Männern einfach nicht stellen konnte.

Aurora hauchte Boynen einen Kuss auf die Wange und erklärte: „Eigentlich trifft sich dieser Zeitpunkt sehr gut. Denn meine Eltern gehen morgen auf eine längere Reise, sodass ich ganz allein in unserem Schloss zurückbleiben würde ... Ich begleite euch also und werde mir das Rätsel während der Fahrt genauer anschauen. Wann geht es los?"

„Gleich morgen früh!", antwortete Boynen. „Bis dahin gibt es noch viel zu erledigen."

In der Schattenburg von Mellum saßen ein paar finstere Gestalten zusammen mit Graf Robos am Tisch des Speisesaals.

„... und dann sind sie in der Nacht spurlos von hier verschwunden. Den rubinroten Lederbeutel haben sie mitgenommen. Kannst du ihn mir vielleicht wiederbeschaffen?"

Einer der Anwesenden, der sein Gesicht bisher im Dunkeln gehalten hatte, stand auf. Dann lachte er höhnisch und klopfte dem Grafen auf die Schulter. „Warum sollte ich dir helfen, Robos? Was hätte ich davon? Sieh es endlich ein: Du hast verloren."

„Aber ... aber Käpten Sturm will bestimmt den Schatz der Nebelberge suchen. Warum sonst hätte er mir den rubinroten Lederbeutel abgenommen? Willst du wirklich zulassen, dass dieser unglaublich wertvolle Schatz in seine Hände fällt?"

Die finstere Gestalt reckte ihre Faust in die Luft. „Noch einmal: Du hast verloren, Robos. Doch ich ... ich habe noch lange nicht verloren! Denn ich werde Käpten Sturm und seiner *Esmeralda* nachjagen, und zwar mit meinem schnellsten Schiff. Und wenn ich ihn in die Finger bekomme, dann werde ich die *Esmeralda* mit meinen Kanonen versenken."

Er trat einen Schritt nach vorne, sodass Licht auf sein Gesicht fiel, und fügte hinzu: „So wahr man mich den Schwarzen Piraten nennt!"

9. Ein großes Missgeschick

Opa Abraham klappte das Logbuch zu und schaute in die Runde. „Ich würde vorschlagen, wir lesen heute Abend weiter. Andreas und ich wollen noch zu einem größeren Baumarkt fahren."

„Wozu denn?", wollte Anne wissen.

Papa übernahm die Antwort: „Wir haben ja noch nicht alle Zimmer in diesem Haus renoviert. Dafür brauchen wir ein paar Sachen. Außerdem wollen wir Holzbretter besorgen, mit denen wir den Boden unserer Scheune reparieren können. Wir müssen die vielen Löcher verschließen, damit wir die Scheune endlich nutzen können. Im Augenblick ist es ja immer noch zu gefährlich, sie zu betreten."

„Gute Idee!", meinte Lenny. Er dachte daran, wie er erst vor Kurzem unerlaubterweise die Scheune betreten hatte und dort in ein verborgenes Kellerloch gestürzt war. Glücklicherweise hatte er sich dabei nicht verletzt.

Mama wandte sich an Oma Sarah: „Und wie wäre es, wenn wir beide inzwischen mit eurem Auto zum Wochenmarkt fahren?"

Oma Sarah schaute besorgt zu Lenny und Anne hinüber, bevor sie erwiderte: „Kann man die Kinder denn allein im Haus lassen?"

„Aber sicher!", riefen Lenny und Anne wie aus einem Munde.

„Wir sind diesmal auch ganz brav", fügte Lenny grinsend hinzu.

Mama hob die Augenbrauen. „Das will ich euch auch geraten haben. Sonst bekommt ihr großen Ärger von mir!"

Eine halbe Stunde später waren die beiden Geschwister allein zu Hause.

„Sturmfreie Bude!", rief Lenny zufrieden. „Komm, wir machen etwas richtig Cooles."

„Und was?", fragte Anne.

„Wie wär's mit Trampolinspringen?", schlug Lenny vor.

Anne schüttelte den Kopf. „Das Trampolin ist doch noch gar nicht im Garten aufgebaut. Und außerdem ist alles nass draußen."

Das leuchtete Lenny ein. „Und was schlägst *du* vor?"

Seine kleine Schwester schaute ihn verschmitzt an. „Also, die Idee mit dem Trampolinspringen finde ich trotzdem gut. Warum nehmen wir nicht einfach das Trampolin hier im Haus?"

„Welches Trampolin meinst du?"

Anne zeigte nach oben. „Na, das in Mamas und Papas Schlafzimmer."

Lenny verstand immer noch nicht. „Hä?"

Da schlug sich Anne mit der flachen Hand an die Stirn. „Na, du bist ja ganz schön begriffsstutzig. Wir springen natürlich auf Mamas und Papas Bett herum. Ich habe das schon ein paar Mal gemacht. Es hüpft sich echt gut darauf."

Lenny runzelte die Stirn. „Blödsinn! Wenn wir das machen, dann bricht vielleicht der Lattenrost durch. Und ich bin wieder mal schuld an allem. Nein, danke! Kein Bedarf! Ich mache da nicht mit."

Anne zuckte mit den Schultern. „Dann mache ich es halt alleine."

„Tu, was du nicht lassen kannst. Oder wie wäre es, wenn wir einfach rausgehen? Es ist zwar noch nass, aber die Sonne scheint."

„Und was sollen wir draußen machen?", fragte Anne.

„Wir könnten durch den Wald zum Strand laufen und dort mein neues Fernrohr ausprobieren. Ich wollte schon lange mal damit Schiffe beobachten."

„Dazu habe ich keine Lust", erklärte Anne. „Aber mach das ruhig; wir müssen ja nicht zusammenbleiben."

Also schnappte Lenny sich seinen Rucksack und packte das Fernrohr ein. Dabei fiel sein Blick auf die antike Holzkugel, die immer noch auf dem Sofa lag.

Hatte Käpten Sturm nicht in seinem Logbuch beschrieben, dass auf der Innenseite dieser Kugel eine Schatzkarte eingezeichnet war? Es lohnte sich also, sie zu öffnen und nachzuschauen, ob das tatsächlich stimmte.

Lenny packte sie ebenfalls ein und beschloss, sich am Strand in Ruhe darüber Gedanken zu machen, wie man sie öffnen konnte.

Er zog seine Stiefel an, streifte sich eine warme Winterjacke über und verließ das Haus. Nach wenigen Metern begann der Pfad, der von ihrem Grundstück etwa zwei Kilometer durch den Wald bis zum Strand führte.

Als Lenny einige Zeit später aus dem Wald trat, lag sie dunkelblau schimmernd vor ihm: die Ostsee. Rasch kletterte er auf eine kleine Düne hinauf und genoss erst einmal den schönen Anblick.

Dann holte er sein Fernrohr heraus und schaute hindurch. Es waren mehrere Schiffe unterwegs, und Lenny betrachtete jedes ganz genau. Ein Schiff befand sich sogar so nah am Ufer, dass er darauf ein paar Matrosen erkennen konnte.

Schließlich packte er das Fernrohr wieder ein, setzte sich auf einen kleinen Felsen und starrte ziellos in die Weite. Wie schön musste es sein, mit einem Schiff in See zu stechen und ferne Länder zu besuchen!

Wenn er erwachsen war, wollte er auch Matrose werden und die Geheimnisse der Weltmeere lüften.

Plötzlich fiel ihm ein, dass er ja ebenfalls ein Geheimnis mit sich herumtrug. Er griff in seinen Rucksack und holte die Holzkugel heraus. Dann hielt er sie in der Hand und überlegte, wie man sie öffnen konnte. Im strahlenden Sonnenlicht hatte er einen viel besseren Blick auf die Holzoberfläche als sonst.

Und auf einmal entdeckte er etwas, was er zuvor übersehen hatte: Es gab eine Stelle, die ein klein wenig anders beschaffen war als der Rest der Kugel.

Schnell kramte er das Taschenmesser hervor, das Opa Abraham ihm vor Kurzem geschenkt hatte. Er klappte ein Werkzeug heraus, dessen Spitze sich gut zum Bohren eignete. Damit drückte er auf die betreffende Stelle. Und plötzlich ließ sich die Kugel öffnen.

Anne sprang in der Zwischenzeit auf Mamas und Papas Bett herum. Es machte ihr einen Riesenspaß und sie hüpfte immer höher. Warum hatte Lenny nur keine Lust dazu? Das Ganze funktionierte doch prächtig.

Sie sprang, so hoch sie konnte, und versuchte, mit den Händen die Zimmerdecke zu berühren. Doch es gelang ihr nicht.

Schließlich ließ sie sich rückwärts auf die Bettdecke fallen und dachte nach: Wie konnte sie es schaffen, mit den Händen die Decke zu erreichen? Waren die Matratzenfedern dafür vielleicht einfach nicht stark genug?

Nein, es lag nicht an den Matratzenfedern, beschloss sie gleich darauf. Bestimmt musste sie nur die dicken Bettdecken wegräumen, die ihr den Schwung nahmen – dann würde sie es vielleicht schaffen.

Gesagt, getan. Sie raffte die Bettdecken zusammen und wollte diese schon auf den Boden werfen.

Doch dann fiel ihr ein, was Mama mal zu ihr gesagt hatte: „Anne, Bettdecken sollten niemals auf den staubigen Boden

gelegt werden." Also hatte Mama sicherlich auch etwas dagegen, wenn man ihre eigene Decke einfach auf den Schlafzimmerboden warf.

Rasch knüllte Anne die Decken zusammen und legte sie auf einen Stuhl, der vor einem kleinen runden Tisch am Schlafzimmerfenster stand.

Und da passierte es: Als sie losließ, drückte das aus Decken bestehende Knäuel gegen den dreibeinigen Tisch. Er kippte um mitsamt der Blumenvase, die sich darauf befand. Es klirrte laut.

Entsetzt schaute Anne auf das, was sie angerichtet hatte: Die Vase lag zerbrochen am Boden, daneben waren Blumen verstreut. Und auf dem Holzboden hatte sich eine große Pfütze gebildet.

Schnell lief Anne ins Bad, holte ein Wischtuch und einen Eimer und begann erst einmal damit, das Wasser aufzuwischen. Dann sammelte sie die Scherben auf, wobei sie darauf achtete, sich nicht zu verletzen. Zum Schluss nahm sie noch einen Handfeger und eine Kehrschaufel und beseitigte die letzten Spuren des Unglücks.

Mama und Papa durften auf keinen Fall merken, was passiert war! Deshalb trug Anne die Scherben rasch aus dem Haus und warf sie in die große Mülltonne. Anschließend holte sie noch den Mülleimer aus der Küche und leerte ihn über den Scherben in der Mülltonne aus. So würde niemand von ihrem Missgeschick erfahren.

Atemlos rannte sie wieder zurück ins Schlafzimmer und machte die Betten. Danach schaute sie sich noch einmal genau um und vergewisserte sich, dass sie keine verräterischen Spuren hinterlassen hatte.

Nein, alles sah aus wie zuvor – es stand lediglich keine Vase mehr auf dem Tisch. Niemand würde merken, was geschehen war. Alles war wieder in Ordnung.

Alles? Nein, denn Anne vergaß, dass sie etwas kaputt gemacht hatte, was ihrer Mutter sehr wichtig war: eine uralte, sehr wertvolle Vase, die Mama von ihrer Oma geerbt hatte.

Lenny ging wieder den Pfad entlang, der durch den Wald führte. Er war etwa einen Kilometer weit gelaufen, als er plötzlich eine Stimme hörte.

„Die Ausbeute hat sich heute richtig gelohnt, Steffen. Wir sollten es nicht übertreiben. Ich würde vorschlagen, dass wir von hier verschwinden und woanders weitermachen."

Neugierig spitzte Lenny die Ohren. Dann spähte er durch ein paar Büsche hindurch in die Richtung, aus der die Stimme gekommen war. Er sah eine Lichtung, auf der eine alte Scheune stand.

Komisch, diese Scheune hatte er noch nie bemerkt, obwohl er diesen Weg doch schon ein paarmal gegangen war.

Lenny schaute genauer hin: Vor der Scheune parkte ein Fahrzeug. Schnell ging er in die Hocke, als er wieder jemand sprechen hörte.

„Du hast recht. Am besten brechen wir noch heute Nacht auf. Und jetzt lass uns erst einmal die Sachen sortieren."

Das Tor der Scheune quietschte, und dann wurde es still.

Lenny runzelte die Stirn. Er wurde aus dem, was diese beiden Männer gesagt hatten, nicht ganz schlau. Allerdings ging es ihn ja auch nichts an.

Zögernd wandte er sich ab und lief weiter. Nach einer Weile vergaß er den Zwischenfall, weil ihm wieder einfiel, was ihm vorhin gelungen war. Bestimmt würden die anderen staunen, dass er es geschafft hatte, die Holzkugel zu öffnen!

Was sie wohl dazu sagen würden, dass sich in der Holzkugel tatsächlich eine Schatzkarte befand? Und was mochten die geheimnisvollen Zahlen und Buchstaben bedeuten, die darauf vermerkt waren?

Er freute sich schon darauf, in Käpten Sturms Logbuch mehr darüber zu erfahren.

Beim Abendessen saßen alle zusammen am Esstisch. Kaum jemand sagte etwas, und das hatte seine Gründe.

Papa und Opa Abraham hatten hart daran gearbeitet, den Boden der Scheune zu reparieren. Mama und Oma Sarah hatten Großeinkauf gemacht und waren jetzt entsprechend müde. Deshalb wollte keiner wissen, womit sich die Kinder an diesem Nachmittag beschäftigt hatten.

Anne war sehr froh, dass sie nicht danach gefragt wurde. Was hätte sie auch sagen sollen? Etwa: „Ich habe im Schlafzimmer eine kostbare Vase kaputt gemacht?"

Nein, das durfte niemand erfahren. Aber Anne hatte ein schlechtes Gewissen. Und daher verhielt sie sich ungewöhnlich still.

Während sie auf ihrem Stuhl herumrutschte, fiel ihr wieder ein, was Daniel im Kinderklub gesagt hatte: „Wenn man etwas falsch gemacht hat, dann reicht es nicht, dass es einem einfach nur leidtut. Nein, es ist total wichtig, den Fehler auch zuzugeben und die Sache wieder in Ordnung zu bringen. Genau das hat Zachäus getan. Und darüber hat Gott sich gefreut."

Anne fühlte sich äußerst unbehaglich. Doch sie schwieg.

Irgendwann wurde es Lenny zu bunt und er durchbrach das Schweigen. „Warum redet eigentlich keiner?", erkundigte er sich.

Papa schaute ihn müde an. „Na, wie wäre es, wenn du damit anfängst? Erzähl doch mal: Was hast du heute Nachmittag gemacht?"

Auf dieses Stichwort hatte Lenny nur gewartet. Er fing an zu grinsen, holte die geschlossene Holzkugel hervor und legte sie auf den Tisch. „Schaut mal, was ich da habe!"

Mama zuckte mit den Achseln. „Die Holzkugel! Na und? Die kennen wir schon alle. Warum zeigst du sie uns?"

Triumphierend zog Lenny nun sein Taschenmesser aus der Hosentasche und führte das kleine Manöver vor, das er am Strand geübt hatte. Und tatsächlich sprang die Kugel sofort auf. „Darum!", verkündete er. „Ich habe es geschafft, sie zu öffnen."

Jetzt waren alle verblüfft.

„Ich war heute Nachmittag nämlich am Strand", fuhr Lenny fort. „Und dort habe ich herausgefunden, wie sie aufgeht."

Opa Abraham nahm die Kugel in die Hand und betrachtete sie. Dabei begannen seine Augen vor Begeisterung zu leuchten. „Auf der Innenseite ist tatsächlich eine Schatzkarte eingezeichnet. Es ist faszinierend, dass immer alles genauso ist, wie Käpten Sturm es in der Geschichte erzählt."

Ungläubig griff Papa nun ebenfalls nach dem geheimnisvollen Objekt. „Dann gab es ihn also wirklich, den Schatz der Nebelberge? Ich dachte, das sind alles nur Geschichten."

Opa Abraham lächelte. „Hattest du daran auch nur den geringsten Zweifel, Andreas? Nein, Käpten Sturm erzählt uns in seinen Logbüchern nur, was er selber erlebt hat. Und ich freue mich schon auf die Fortsetzung!"

Es dauerte nicht lange, bis alle fertig gegessen und sie gemeinsam den Tisch abgeräumt hatten. Erwartungsvoll setzten sie sich wieder vor den Kamin.

Opa Abraham schlug das Logbuch auf und las weiter.

10. AM KAP DER GUTEN HOFFNUNG

Käpten Sturm und seine Mannschaft hatten es nach mehreren Wochen unruhiger See geschafft, das Kap der Guten Hoffnung – also den südlichsten Zipfel von Afrika – zu umrunden.

Nun war das Wetter wieder schön, und Käpten Sturm stand an Deck seines Schiffes. Da kam Aurora zu ihm und stellte sich neben ihn an die Reling. „Weißt du überhaupt, wo wir hinmüssen?“, fragte sie neugierig.

Boynen schaute sie mit seinen blauen Augen freundlich an. „Ja, ich habe mithilfe von Graf Robos' Notizbuch herausgefunden, wohin die Gefangenen transportiert werden. Das Schiff des Schwarzen Piraten bringt sie in eine versteckte Bucht im Süden von Madagaskar. Von dort aus werden sie dann an Sklavenhändler verkauft.“

„Das ist ja schrecklich! Und was ist, wenn wir zu spät kommen und Rudolf Schmidt bereits verkauft worden ist?“

„Ich habe immer noch die Hoffnung, dass wir *vor* dem Piratenschiff dort eintreffen werden. Und glücklicherweise weiß ich den Namen des Schiffes.“

„Wie lautet er?“

„*Havsmonster,* was auf Deutsch übersetzt *Seeungeheuer* heißt. Es ist ein sehr schnelles Schiff. Denn es hat nicht nur Segel, sondern auch Ruder. So kommt es auch bei absoluter Windstille gut voran.“

„Die *Esmeralda* hat doch jetzt auch ein paar Ruder“, gab Aurora zu bedenken.

„Ja, aber ich vermute, dass das Piratenschiff viel besser ausgestattet ist. Deshalb können wir es, was die Zahl der Ruder angeht, sicherlich nicht mit ihm aufnehmen. Doch solange wir genügend Wind haben, bleibt die *Esmeralda* schneller als die *Havsmonster.*"

Aurora verzog das Gesicht. „Na, an Wind hat es uns bisher nicht gefehlt – bei den tausend schrecklichen Stürmen, die wir seit unserer Abreise erlebt haben."

„Es waren zwar insgesamt nur sechs eher harmlose Stürme ... Aber du hast recht, das ist schon ziemich viel."

„Für mich waren es jedenfalls mindestens sechs Stürme zu viel. Mir war fast die ganze Reise über schlecht, sodass ich mich bis heute nicht mit unserem Rätsel beschäftigen konnte. Aber jetzt fühle ich mich schon wesentlich besser und werde sofort drangehen, diese Nuss zu knacken."

„Mach das! Es gibt für dich als Frau auf dem Schiff sowieso nichts anderes zu tun."

Aurora schaute ihn verständnislos an. „Wie meinst du das?"

„Überleg mal: Das Deck schrubben ja die Matrosen. Und Seebär kocht für uns. Was bleibt sonst noch für dich übrig?"

„Na ja, falls du es immer noch nicht bemerkt haben solltest: Nachdem du Safira inzwischen nichts anderes mehr als Fechten beibringst, bin ich hier an Bord ihre einzige Lehrerin. Und glaub mir, Boynen: Eine Horde dreißig wilder Jungs wäre einfacher zu unterrichten als dieses Mädchen. Dauernd hat sie Flausen im Kopf, spielt mir oder anderen Streiche und macht niemals das, was man ihr sagt."

Boynens Augen leuchteten. „Aber dafür ist sie eine außergewöhnlich gute Fechterin. Stell dir vor: Sie nimmt es im Schwertkampf mittlerweile mit jedem von der Mannschaft auf ..."

„... außer natürlich mit dir!", kicherte Aurora. „Etwas anderes würde dein Seemanns-Stolz ja auch niemals erlauben."

In diesem Moment schob sich von oben her Safiras Gesicht zwischen die beiden Gesprächspartner. Das Mädchen hing – wieder einmal – mit dem Kopf nach unten an einem Seil, das sie irgendwo in der Takelage befestigt hatte.

„Redet ihr etwa über mich?", fragte sie frech und stand Sekunden später mit beiden Beinen auf dem Deck.

Anstatt ihr zu antworten, fragte Aurora ein wenig kühl zurück: „Hast du schon die Englisch- und Italienisch-Vokabeln gelernt, die ich dir gestern aufgegeben habe?"

„Wozu Vokabeln lernen? Ich beherrsche beide Sprachen doch schon so gut, dass mich alle Matrosen für eine *Engländi-Enerin* halten."

Boynen lachte vergnügt über diesen selbst erfundenen Ausdruck, der die Wörter *Engländerin* und *Italienerin* miteinander vermischte. „Ja, du bist wirklich sehr sprachbegabt, Safira", lobte er.

„Aber in Mathematik muss sie sich noch viel mehr Mühe geben", warf Aurora rasch ein. Sie wollte unbedingt vermeiden, dass ihre einzige Schülerin zu stolz wurde.

„Mathe ist unnötig!", protestierte Safira.

„Ist es nicht", widersprach Boynen.

„Mathe, Ratte, Tratte!", krächzte nun die Papageiendame Kiki, die sich auf Käpten Sturms Seefahrerhut gesetzt hatte und in dieser Diskussion kräftig mitmischen wollte.

Bevor die Auseinandersetzung jedoch zu hitzig werden konnte, unterbrach Aurora die drei: „Jetzt haltet mal alle den Mund!"

„Mathe, Ratte, Tratte", wiederholte Kiki.

„Du auch, Kiki!", befahl die junge Lehrerin streng.

Dann stupste sie Safira freundlich an die Schulter. „Hey, du hochbegabte Engländi-Enerin – kannst du mir heute mal dabei helfen, unser Rätsel zu lösen?"

Safiras Augen hellten sich auf. „Aber klar! Ich bin schon sehr gespannt, was wir herausfinden werden."

Wenig später betrachteten Aurora und Safira gemeinsam, was Safiras Großvater vor langer Zeit verschlüsselt aufgeschrieben hatte. Dazu öffnete Safira die Holzkugel und legte sie auf den Tisch von Auroras Kajüte. Dann nahm sie den Lederbeutel und holte ein Pergament heraus, das sie ebenfalls auf dem Tisch ausbreitete.

„Es ist mir immer noch ein Rätsel, was an diesem Lederbeutel so besonders sein soll", meinte sie stirnrunzelnd. „Das Einzige, was sich darin befindet, ist dieses zusammengefaltete Pergament.

Außen ist das Pergament ziemlich verschmutzt; und wenn man es auseinanderfaltet, findet man nur eine leere Seite. Haben wir etwa für diesen nutzlosen Zettel in Graf Robos' Schattenburg unseren Hals riskiert? Also, ich werde aus alldem einfach nicht schlau."

Aurora nahm das Pergament in die Hand, roch daran und dachte nach.

Plötzlich hatte sie eine Idee. Sie zündete eine Kerze an und hielt das Pergament vorsichtig darüber.

„Halt! Was tust du?", schrie Safira entsetzt. „Willst du das Ding etwa verbrennen?"

„Keineswegs! Ich will es nur leicht erhitzten", klärte Aurora sie auf.

„Warum?"

„Es ist kein leeres Pergament. Die Innenseite wurde mit unsichtbarer Tinte beschrieben. Und diese Schrift kann man durch Hitze sichtbar machen ... Siehst du? Da – hier wird langsam, aber sicher etwas erkennbar."

Safiras Augen weiteten sich vor Aufregung. „Das ist ja unglaublich! Mach weiter, Aurora! Aber pass bloß auf, dass das Pergament nicht verbrennt. Das wäre einfach furchtbar!"

Kurze Zeit später war auf dem Pergament einiges zu lesen.

„Da sind ja nur Zahlen und Buchstaben drauf", knurrte Safira enttäuscht. „Ich dachte, dass wir einen Brief von meinem Großvater oder vielleicht sogar von meinen Eltern finden würden."

„Ich auch", sagte Aurora. „Aber ich weiß, was das hier ist!"

„Was denn?"

„Dein Großvater liefert uns mit diesem Pergament den Schlüssel zu der Geheimschrift, die er in der Holzkugel verwendet hat. Es handelt sich eindeutig um einen Code."

„Was ist ein Code?", wollte Safira wissen.

„Es ist ein System, mit dem man verschiedene Zeichen einander zuordnen kann. Zum Beispiel: 1 ist gleich A, 2 ist gleich B und so weiter. In diesem Fall ist es noch ein bisschen komplizierter. Doch mithilfe dieses Codes müssten wir die Geheimschrift auf der Innenseite der Holzkugel in Klartext übertragen können."

„Schaffst du das alleine?", fragte Safira ohne große Begeisterung. Zahlen fand sie einfach nicht so spannend.

„Klar. Aber schau! Auf dem Pergament befindet sich nicht nur der Code, sondern auch noch etwas anderes – siehst du, was ich sehe?"

Safira schaute genauer hin und pfiff durch die Zähne. „Das ist ja eine Landkarte! Und ich hatte es für ein paar Flecken gehalten."

„Genau! Aber durch die Erwärmung sind die Kontraste auf dem Pergament stärker geworden, und jetzt ist es ganz deutlich: Die Landkarte zeigt eine Insel mit hohen Bergen. Und der Umriss der Insel hat eine ganz besondere Form."

Safira wurde nachdenklich. „Damit kann Boynen sicherlich etwas anfangen. Er hat in seiner Kapitänskajüte ja viele Landkarten aus aller Welt. Bestimmt kann er mit deren Hilfe herausfinden, um welche Insel es sich handelt."

„Das glaube ich auch. Und jetzt schau dir mal die Schatzkarte auf der Innenseite der Holzkugel genauer an."

„Da ist ein Weg eingezeichnet mit ein paar Markierungspunkten."

„Nein, das meine ich nicht. Sieh noch genauer hin."

Safira betrachtete die Schatzkarte in der Holzkugel, warf dann einen Blick auf die Landkarte des Pergaments und stutzte. „Da ist ... Auf beiden Karten ist ein siebenzackiger Stern drauf."

„Richtig."

„Und was hat das zu bedeuten?", wunderte sich Safira.

„Na ganz einfach: Die Landkarte auf dem Pergament führt uns zu der Insel beziehungsweise zu einer ganz bestimmten Stelle auf der Insel."

„Und bei dem siebenzackigen Stern beginnt dann der Weg zum Schatz?"

„Genau, Safira. Wir müssen also mithilfe des Pergaments zunächst einmal die Insel finden und dort irgendetwas, das wie ein Stern aussieht. Danach folgen wir der Wegbeschreibung der Schatzkarte, die in die Holzkugel eingezeichnet ist, und zwar von diesem Stern aus."

„Der Stern ist also der Verbindungspunkt beider Karten?"

Aurora nickte. „Jawohl! Und wenn wir der Schatzkarte folgen, die dein Großvater in die Holzkugel gezeichnet hat ..."

„... finden wir den Schatz der Nebelberge", murmelte Safira. Anstatt sich jedoch von Auroras Begeisterung anstecken zu lassen, ließ sie nun den Kopf hängen.

„Was ist denn los mit dir?", fragte die junge Frau besorgt und legte ihre Hand auf Safiras Arm.

Die Elfjährige seufzte. „Ehrlich gesagt interessiert mich dieser Schatz überhaupt nicht ..." Sie schluckte, dann fuhr sie fort: „Ich hatte eigentlich gehofft, dass wir mithilfe des rubinroten

Lederbeutels meine Eltern finden würden. Schade, dass sich alles nur um diesen Schatz dreht."

Aurora begriff und schwieg einen Moment. Schließlich sagte sie mitfühlend: „Sei nicht traurig, Safira. Wir dürfen die Hoffnung bezüglich deiner Eltern nicht aufgeben. Vielleicht kann uns ja dieser Rudolf Schmidt sagen, wo wir sie finden können."

Safira nickte sehnsüchtig. „Das hoffe ich auch." Sie blickte zum Kajütenfenster hinaus. „Und jetzt würde ich gerne von meiner Hängematte am Fockmast aus den Sonnenuntergang anschauen. Oder brauchst du mich noch?"

„Nein, nein – alles gut, Safira. Ich kriege das mit der Geheimschrift auch alleine hin. Genieß ruhig den Sonnenuntergang!" Liebevoll blickte sie Safira nach, als diese die Kajüte verließ.

Eine Stunde später hatte Aurora das Rätsel vollständig gelöst und ging damit sofort zu Boynen.

Der war beeindruckt. „Unglaublich, Aurora! Du hast die Nuss tatsächlich geknackt! Und du hast recht – die Form dieser Insel ist so einzigartig, dass ich mithilfe meiner Seekarten sicherlich herausfinden kann, wo sie liegt. Ich habe sogar schon eine Vermutung, wo ich suchen muss."

„Ach wirklich? Wo denn?", fragte Aurora neugierig.

„Man sagt, dass sich der Schatz der Nebelberge auf einer Inselgruppe irgendwo zwischen dem Indischen Ozean und dem Pazifik befinden soll", flüsterte Boynen geheimnisvoll. „Und mein Gefühl sagt mir, dass diese Inselgruppe vielleicht zu Niederländisch-Indien gehört."

Er lächelte ihr zu. „Doch zuerst müssen wir nach Madagaskar segeln und versuchen, den Gefangenen zu befreien."

Die Reise vom Kap der Guten Hoffnung nach Madagaskar verlief ruhig und ohne Zwischenfälle. Käpten Sturm verbrachte die meiste Zeit damit, seine zahlreichen Seekarten zu studieren und nach einer Insel zu suchen, welche dieselbe Form wie die Schatzinsel hatte.

Eines Morgens rief er Safira, Aurora, Brummel und Seebär in seine Kapitänskajüte.

„Ich wusste es!", sagte er zufrieden und legte seinen Zeigefinger auf eine vor ihm ausgebreitete Seekarte. „Die Insel ist genau dort!"

Aurora schaute genau hin. „Das ist ja irgendwo im Nirgendwo", murmelte sie.

Boynen nickte amüsiert. „Das hast du schön gesagt: irgendwo im Nirgendwo. Ja, diese Insel liegt sehr weit abgelegen. Sie gehört, wie ich vermutet hatte, zu Niederländisch-Indien."

„Kannst du uns etwas Genaueres über sie erzählen?", fragte Seebär.

„Ja. Alle Inseln um unsere Schatzinsel herum sind vollständig mit dichten, dunklen Wäldern bedeckt. Es ist immer bewölkt dort und an 365 Tagen im Jahr fällt Regen."

„Also jeden Tag!", stellte Safira entsetzt fest. „Heißt das etwa, dass dort nie die Sonne scheint?"

„Na ja, sagen wir mal: fast nie", korrigierte Boynen. „An den Küsten kommt schon öfter mal die Sonne raus. Aber im Landesinneren und vor allem auf den Bergen ist das eher die Ausnahme. Und die Berge der Schatzinsel sind sogar so hoch, dass sie immer komplett in Nebel eingehüllt sind."

Brummel pfiff durch die Zähne. „Deshalb nennt man unseren Schatz also den *Schatz der Nebelberge!* Das leuchtet ein."

Boynen fuhr fort: „Genau. Und es ist sehr gefährlich, diese Inseln zu betreten. Denn man sagt, dass dort Kannibalen leben. Deshalb traut sich kaum jemand dorthin."

„Was absolut vernünftig ist", meinte Seebär. „Offenbar hat damals ja keiner der Seeräuber, die den Schatz versteckt haben, überlebt. Der Schiffsjunge war der Einzige, der sich retten konnte."

„Das hört sich alles aber sehr unheimlich an", wisperte Aurora. „Können wir den Schatz nicht einfach dort liegen lassen? Kein Reichtum dieser Welt ist es wert, dass man dafür ... stirbt."

Boynen legte seine Hand auf Auroras Arm. „Wir werden nicht sterben, Aurora. Und außerdem kannst du dich gelassen zurücklehnen, denn du wirst auf dem Schiff bleiben. Nur Brummel, Seebär und ich werden die Insel betreten und nach dem Schatz suchen, sonst niemand."

„Moment mal!", protestierte Safira sofort. „Mich willst du also auch auf dem Schiff zurücklassen? Nein, das kommt gar nicht infrage. Ich werde euch begleiten!"

Boynen betrachtete sie schmunzelnd. Er hatte natürlich genau gewusst, dass Safira mit dieser Regelung nicht einverstanden sein würde. Aber es konnte nicht schaden, wenn sie ab und zu daran erinnert wurde, wer hier das Sagen hatte.

„Bist du bereit, alle meine Anweisungen genau zu befolgen?", fragte er deshalb mit gespieltem Ernst.

Brummel und Seebär verkniffen sich beide ein Grinsen.

„Selbstverständlich!", beteuerte Safira sofort. Bevor sie ein spannendes Abenteuer verpasste, würde sie alles tun, was Boynen ihr auftrug.

„In Ordnung – unter dieser Voraussetzung bist du dabei", erklärte Boynen feierlich.

Safira atmete erleichtert auf.

In diesem Moment hörten sie die Stimme eines Matrosen: „Land in Sicht! Madagaskar voraus!"

Boynen schaute in die Runde. „Aber jetzt müssen wir uns erst einmal um Rudolf Schmidt kümmern."

Es war kurz nach Mitternacht. Während die *Esmeralda* an einem versteckten Ort vor Anker lag, waren Boynen, Brummel, Seebär und Safira auf Beobachtungsposten. Sie blickten zur Öffnung einer Bucht, in der sich ein großer Hafen befand. Dort tummelten sich Piraten aus aller Welt.

Die vier Abenteurer warteten auf die *Havsmonster*, die in diesem Hafen anlegen sollte.

„Jetzt sitzen wir hier schon zwei Tage, und nichts tut sich", jammerte Safira.

Doch plötzlich stieß sie einen leisen Schrei aus und zeigte auf einen Punkt am Horizont. Es war ein Segelschiff, das sich langsam der Bucht näherte.

Käpten Sturm setzte sein Fernrohr an und betrachtete das Schiff ganz genau. Dann formten seine Lippen den Namen: „*Havsmonster!* Sie kommen! Endlich!"

Es dauerte noch eine ganze Weile, bis das Schiff, nah an ihnen vorbei, in die Bucht gefahren war. Anker wurden geworfen. Ruderboote wurden zu Wasser gelassen.

Anschließend verließ der größte Teil der Piraten das Schiff und ruderte an Land. Nur etwa fünf Wachen blieben an Bord, wahrscheinlich, um die Gefangenen zu beaufsichtigen.

Im Hafen wurde es jetzt deutlich lebhafter. Die Neuankömmlinge wurden begeistert von den hier lebenden Seeräubern in Empfang genommen. Kurz darauf verschwanden viele von ihnen in einem Wirtshaus, wo sicherlich mit reichlich Rum gefeiert wurde.

Boynen schaute in die Runde. „Seid ihr bereit? Die Sache muss jetzt sofort laufen. Uns bleiben nur ein bis zwei Stunden Zeit. Dann werden die Piraten bestimmt wieder zu ihrem Schiff zurückkehren, um in ihren Kojen zu übernachten. Eine zweite Chance haben wir nicht."

Alle nickten, legten unnötige Kleider ab und glitten ins Wasser. Mit leisen Schwimmzügen näherten sie sich dem Piratenschiff. Nach kurzer Zeit hatten sie es erreicht.

Doch leider gab es kein herunterhängendes Netz oder Seil, mit dessen Hilfe sie an Bord gelangen konnten.

„Diese Piraten wissen, was sie tun", seufzte Boynen. „Wie sollen wir da bloß hochkommen?"

„Ich werfe vom Wasser aus einen Enterhaken mit einem Seil nach oben", schlug Brummel vor. „Daran können wir uns dann hochziehen."

„Geht nicht!", flüsterte Boynen. „Das macht Geräusche. Wir müssen uns etwas anderes überlegen."

Während die drei Männer noch darüber nachdachten, wie sie ins Schiff gelangen konnten, hatte Safira bereits ein paar leicht hervorstehende Planken im Rumpf entdeckt. Es war nicht einfach, aber die junge Zirkusartistin war so geschickt im Klettern, dass sie zum Festhalten nicht viel brauchte. Und tatsächlich schaffte sie es innerhalb weniger Sekunden, an Bord zu kommen.

Sie duckte sich rasch und schaute sich um. Da keiner der Piraten in der Nähe war, ließ sie nun für die drei anderen ein Tau hinunter.

Als alle an Bord waren, deutete Boynen auf zwei Wachen, die direkt vor der Eingangstür einer großen Kajüte postiert waren. Bestimmt befanden sich darin die Gefangenen. Die übrigen drei Seeräuber lehnten vorne am Bug und schauten sehnsüchtig zu dem Wirtshaus hinüber, in dem ihre Kameraden feierten.

Leise schlichen sich Boynen, Brummel und Seebär an die beiden Wachen vor der Tür heran. Sie durften auf keinen Fall entdeckt werden, sonst war es aus.

Beinahe wären sie allerdings über eine Kiste gestolpert, die bis zum Rand mit Kokosnüssen gefüllt war.

„Passt auf!", flüsterte Safira. „Dort vorne direkt neben der Tür steht noch so eine Kiste."

Jetzt hatten Boynen, Brummel und Seebär die beiden Wachen erreicht. Brummel und Seebär griffen blitzschnell zu und setzten die beiden Männer mit einem gezielten Faustschlag außer Gefecht.

Doch da hörten sie vom Bug her eine laute Stimme: „Achtung, Eindringlinge!"

Und im nächsten Augenblick wurden drei Gewehre auf sie gerichtet. Ohne irgendwelche Fragen zu stellen, begannen die Piraten, auf Boynen, Brummel und Seebär zu feuern. Denn genau so hatte es ihr Lehrmeister, der Schwarze Pirat, allen seinen Männern beigebracht: erst schießen, danach fragen ...

11. Verbrecherjagd

Opa Abraham legte das Logbuch zur Seite, weil Mama plötzlich aufgesprungen war. Draußen rauschte der Wind heftiger in den Bäumen, deshalb wollte sie lieber das offene Fenster im Schlafzimmer schließen. Sie hatte Sorge um ihre wertvolle Vase, die dort auf dem Tisch stand – zumindest glaubte sie das.

Gleich darauf ertönte ein Aufschrei: „Wo ist meine Vase geblieben? Ich hatte sie doch auf den Tisch im Schlafzimmer gestellt."

Anne bekam einen Schreck und zog unwillkürlich den Kopf ein.

„Wo ist sie?", hörte man Mama verzweifelt jammern. „Sie kann sich doch nicht einfach in Luft auflösen! Es waren sogar Blumen drin."

Mit schnellen Schritten eilte Mama wieder in die Küche und schaute in die Runde. „Hat jemand von euch sie irgendwo anders hingestellt? Wisst ihr – diese Vase ist sehr wertvoll. Sie ist bestimmt hundert Jahre alt. Ich habe sie von meiner lieben Oma vererbt bekommen. Deshalb stelle ich sie auch nur im Schlafzimmer auf und sonst nirgends."

Annes Gesicht wurde knallrot. Sie schämte sich furchtbar, aber sie brachte es nicht fertig, ihren Fehler zuzugeben. Deshalb wich sie Mamas Blick aus, als diese nun alle der Reihe nach ansah.

Vielleicht hätte Mama ja Verdacht geschöpft, wenn in diesem Moment nicht plötzlich die Türglocke geläutet hätte.

Papa stand auf, ging zur Haustür und öffnete.

Ein Polizist stand vor ihm. „Sind Sie Herr Schmidt?"

„Ja, der bin ich. Guten Abend!"

Der Polizist kam sofort zur Sache: „Entschuldigen Sie bitte, dass ich Sie so spät noch störe. Aber uns wurden heute mehrere Einbrüche gemeldet."

„Und was haben wir damit zu tun?", fragte Papa.

„Eigentlich überhaupt nichts", versicherte der Beamte rasch. „Allerdings haben uns mehrere Zeugen gemeldet, dass sie einen weißen Lieferwagen und zwei verdächtige Personen in der Nähe der Einbruchsstellen gesehen hätten. Wir gehen davon aus, dass das die Täter waren. Und nachdem wir nun die Überwachungskameras in der Gegend überprüft haben, glauben wir, dass sich der Lieferwagen irgendwo in diesem Wald befinden muss. Ist Ihnen irgendetwas aufgefallen?"

Papa schüttelte den Kopf. „Nein, wir haben keinen weißen Lieferwagen gesehen."

Nun trat auch Mama zur Tür. „Was ist los?", wollte sie wissen.

„Es sind Einbrecher unterwegs", klärte Papa sie auf. „Der Polizeibeamte fragt, ob wir irgendetwas gehört und gesehen haben."

Der Polizist nickte. „Ja, genau. Die Verdächtigen fahren einen weißen Lieferwagen."

„Einbrecher?", wiederholte Mama nachdenklich. „Bei uns oben im Schlafzimmer war heute den ganzen Tag das Fenster offen. Und stellen Sie sich vor: Eine sehr wertvolle Vase, sicherlich über hundert Jahre alt, ist verschwunden. Vielleicht wurde sie ja tatsächlich von Einbrechern mitgenommen."

Anne, die im Hintergrund lauschte, atmete erleichtert auf. Wenn Mama glaubte, dass Einbrecher die Vase gestohlen hatten, war sie selbst aus dem Schneider.

Aber ihr schlechtes Gewissen blieb.

Der Polizist wollte sich schon eine kurze Notiz machen. Doch dann schüttelte er den Kopf. „Es wäre sehr merkwürdig, wenn sich die Diebe auf eine Vase beschränkt hätten. Überprüfen Sie deshalb bitte zur Sicherheit alle Ihre Wertgegenstände im Haus. Falls noch etwas fehlen sollte, melden Sie sich bei mir oder erstatten am Montag auf dem Revier eine Anzeige."

Er drückte Papa ein Visitenkärtchen in die Hand, auf der seine Handynummer stand. „Wenn Ihnen doch noch irgendetwas einfallen sollte oder Sie einen weißen Lieferwagen sehen, dann rufen Sie mich bitte schnellstmöglich an."

„Das machen wir", versicherte Papa.

Der Polizist wandte sich schon zum Gehen, als aus der Küche eine laute Stimme drang: „Halt! Warten Sie!"

Es war Lenny, der das Gespräch mit angehört hatte. Papa winkte irritiert ab, doch Lenny blieb hartnäckig und kam an die Tür. „Hören Sie doch! Ich habe heute Nachmittag einen weißen Lieferwagen gesehen! Hier im Wald!"

Sofort horchte der Polizist auf. „Tatsächlich? Wo genau?"

Nun berichtete Lenny, was er am Nachmittag auf dem Rückweg vom Strand beobachtet hatte. „Und der eine sagte: ‚Die Ausbeute hat sich heute richtig gelohnt, Steffen. Wir sollten es nicht übertreiben. Ich würde vorschlagen, dass wir von hier verschwinden und woanders weitermachen.' Daraufhin meinte der andere: ‚Du hast recht. Am besten brechen wir noch heute Nacht auf. Und jetzt lass uns erst einmal die Sachen sortieren.'"

„Das hört sich aber sehr verdächtig an. Kannst du uns beschreiben, wo du die beiden Männer gesehen hast?", fragte der Polizist interessiert.

Lenny schüttelte den Kopf. „Leider nicht. Ich kenne mich hier noch nicht gut genug aus. Aber ich kann Sie auf dem Pfad zu dieser Scheune führen, wenn Sie wollen."

Der Polizist überlegte, ob er darauf eingehen sollte. Immerhin handelte es sich bei Lenny um ein Kind, das er auf keinen Fall in Gefahr bringen durfte. Andererseits war es wichtig, diese Spur so schnell wie möglich zu verfolgen.

Fragend sah er deshalb Papa an. „Würden Sie erlauben, dass Ihr Sohn uns den Weg zeigt? Wir würden selbstverständlich darauf achten, dass er nicht in Gefahr gerät. Er müsste das betreffende Gebäude nur aus größerer Entfernung für uns identifizieren. Und dann würden wir ihn sofort wieder zurückbegleiten."

„Hmmm", überlegte Papa, wobei er Mama einen Blick zuwarf.

Die nickte zustimmend. „Ich verlasse mich darauf, dass Sie gut auf Lenny aufpassen, in Ordnung?", sagte sie ziemlich energisch zu dem Polizisten.

„Selbstverständlich", versprach er.

Da gab auch Papa seine Einwilligung. „Du hältst dich aber ganz genau an das, was die Beamten dir sagen!", befahl er Lenny.

„Klar doch", erwiderte dieser lässig. Er freute sich schon darauf, mit den Polizisten zusammen auf Verbrecherjagd gehen zu dürfen. Schnell zog er seine Schuhe an und warf sich eine Jacke über.

Kurz darauf marschierte er mit fünf Polizisten und einer Polizistin den Pfad entlang, der zum Strand führte. Es war dunkel, doch es fiel gerade genug Mondlicht durch die Bäume, dass man keine Taschenlampe brauchte.

Das war gut, denn sie mussten sich der Scheune ja nähern, ohne dass die beiden Männer etwas bemerkten. Lenny hoffte so sehr, dass sie noch dort waren, wo er sie gesehen hatte. Was war, wenn sie bereits verschwunden waren? Würde man ihn für einen Aufschneider halten, der sich diese Geschichte nur ausgedacht hatte?

Nach etwa einem Kilometer waren die Umrisse der Scheune schwach zu erkennen. Lenny gab sofort ein Handzeichen, wie er es mit den Polizisten vereinbart hatte. Alle blieben stehen. Und dann entdeckte Lenny auch noch den weißen Lieferwagen, der immer noch vor der Scheune parkte.

Durch die Büsche hindurch war nun zu sehen, wie zwei Männer begannen, den Lieferwagen zu beladen. Sie holten erst

einige größere Gegenstände aus der Scheune und danach einige Kisten.

Der Polizist, der bei Familie Schmidt geklingelt hatte, staunte nicht schlecht. „Volltreffer!", zischte er seinen Kollegen zu. „Also wenn das nicht die Einbrecher sind, dann fresse ich einen Besen!"

Zufrieden wandte er sich an Lenny: „Junge, das hast du richtig gut gemacht! Aber jetzt bringt dich unsere Kollegin wieder nach Hause. Ich will auf keinen Fall, dass dir irgendetwas passiert."

„Kann ich nicht dableiben und zuschauen, wie Sie die Verbrecher verhaften?", protestierte Lenny leise.

„Nein, Junge, wir machen es so, wie ich gesagt habe. Aber vielen Dank für deine Hilfe. Das war einfach großartig. Und jetzt drück uns die Daumen und mach dich auf den Rückweg!"

Lenny ärgerte sich. Gerade jetzt, wo es spannend wurde, musste er gehen. Doch er sah ein, dass er gehorchen musste. Wenn er hier Theater machte, würden die Diebe womöglich Verdacht schöpfen und abhauen.

Daher folgte er der Polizistin stumm wieder zurück nach Hause.

Kaum waren die beiden dort angekommen, wurden sie von den wartenden Familienmitgliedern mit Fragen bombardiert. Lenny beantwortete alle, so gut er konnte.

Dann wandte er sich an die Polizistin: „Und was passiert jetzt?"

Sie lächelte. „Mein Kollege hat Verstärkung angefordert. Wahrscheinlich sind mittlerweile schon mehrere Einsatzfahrzeuge in Richtung Scheune unterwegs. Wir gehen da kein Risiko ein."

„Müssen Sie auch wieder dorthin?", wollte Lenny wissen.

Die Polizistin schüttelte den Kopf. „Nein, ich bleibe zu eurem persönlichen Schutz hier, bis mir gemeldet wird, dass der Einsatz vorbei ist."

Es dauerte noch etwa fünf Minuten, dann griff die Polizistin nach ihrem Funkgerät. Durch den Lautsprecher dröhnte eine scheppernde Stimme. „Hallo, Susanne! Bitte melden."

„Ja, hier Susanne!"

„Wir haben die Einbrecher verhaftet. Sie hatten tatsächlich einen ganzen Lieferwagen voller Diebesgut. Der Einsatz war ein voller Erfolg."

„Super!"

Die Stimme, die aus dem Funkgerät drang, fuhr fort: „Dadurch, dass wir die Verbrecher einkreisen und überraschen konnten, hatten sie keine Chance, zu entkommen. Sag dem Jungen, dass wir ihm sehr dankbar sind. Ohne ihn hätten sich diese Gauner wahrscheinlich aus dem Staub gemacht."

Die Polizistin steckte das Funkgerät weg. „Ich glaube, du hast gehört, was mein Kollege gerade gesagt hat. Die Einbrecher wurden gefasst. Vielen Dank, Lenny, für deine Hilfe. Du bist ein mutiger Junge."

Sie verabschiedete sich und wurde kurz darauf von einem Polizeifahrzeug abgeholt.

Anne schaute ihren Bruder an, der ihr viel größer als sonst vorkam. „Du bist ein echter Held, Lenny!", sagte sie stolz.

Auch die anderen klopften ihm anerkennend auf die Schulter oder nahmen ihn in den Arm. Der Rest des Abends drehte sich nur noch um das, was Lenny erlebt hatte. Wieder und wieder musste er davon erzählen, bis spät in die Nacht hinein.

Keiner dachte mehr an die verschwundene Vase, nicht einmal Anne oder Mama selbst.

Auch am Sonntagmorgen sprachen sie beim Frühstück über dieses aufregende Erlebnis. Dann schaute Lenny auf seine Armbanduhr. „Hey, Leute! Es ist schon halb elf. Ich dachte, wir gehen heute Morgen in den Gottesdienst."

Papa schüttelte den Kopf. „Ach, ich habe gestern vergessen, euch das zu sagen: Heute Morgen findet ausnahmsweise mal kein Gottesdienst statt. Er ist auf den frühen Sonntagnachmittag verschoben worden."

„Warum das?", fragte Anne.

„Weil heute ein Missionar kommt, der etwas von seiner Missionsarbeit in Indonesien erzählt. Aber er trifft erst heute Mittag ein. Deswegen wurde der Gottesdienst kurzerhand verlegt."

„Na, dann können wir ja inzwischen weiter im Logbuch von Käpten Sturm lesen", schlug Lenny vor.

Alle waren einverstanden. Und wenig später lauschten wieder alle Opa Abrahams Stimme.

12. AUF DEM PIRATENSCHIFF

Drei laute Schüsse lösten sich aus den Musketen der am Bug stehenden Piraten.

Boynen, Brummel, Seebär und Safira hatten glücklicherweise mit so etwas gerechnet und duckten sich schnell. Die Kugeln schlugen knapp über ihnen in die Wand ein und brachten das Holz dort zum Splittern.

Ihre Gegner besaßen nur Musketen, also einfache Gewehre, die vor jedem neuen Schuss umständlich nachgeladen werden mussten. Somit blieb Boynen und seinen Freunden ein Moment zum Überlegen.

„Die Kokosnüsse!", schrie Safira geistesgegenwärtig, schnappte sich eine aus der Kiste, die direkt vor ihr stand, und zeigte damit auf die Piraten.

Boynen, Brummel und Seebär begriffen sofort. Sie bedienten sich aus der zweiten Kiste und fingen an, die Piraten mit Kokosnüssen zu bewerfen. Es gelang ihnen tatsächlich, ihre Gegner so zu treffen, dass diese zu Boden gingen.

„Volltreffer!", jubelte Safira. „Gut gemacht!"

Doch allen war klar, dass sie nur ganz wenig Zeit gewonnen hatten. Denn die Schüsse waren sicherlich an Land gehört worden.

Tatsächlich wurde die Tür des Wirtshauses aufgerissen und eine Horde Piraten stürmte heraus. Wütend reckten sie ihre Fäuste in die Luft, während sie vom Ufer aus auf das Piratenschiff blickten.

„Wir müssen hier weg!", zischte Seebär.

Aber Boynen hatte eine bessere Idee. „Nein, wir machen es anders! Wir lassen die Gefangenen frei!"

Er ging in die große Kajüte hinein und rief laut: „Wir sind hier, um euch zu befreien. Wer von euch ist Matrose?"

„Ich!", schrien mehrere Stimmen gleichzeitig.

„Sehr gut", rief Boynen. „Und wer von euch ist bereit, mir zu vertrauen und meinen Befehlen zu folgen?"

„Ich!", antworteten nun alle Gefangenen.

„Prima! Dann hört jetzt genau zu ..."

Während Seebär, Safira und Brummel die Türen der einzelnen Zellen öffneten, erklärte Käpten Sturm den Gefangenen, was zu tun war. Und weil er wusste, wie man Matrosen Befehle erteilen musste, waren alle sofort im Bilde.

Seebär eilte zum Steuerrad des Schiffes. Unterdessen nahmen einige freigelassene Matrosen bereits die Ruder in die Hand. Andere kümmerten sich um die Segel oder erledigten andere wichtige Aufgaben.

Safira schaute besorgt zum Ufer hinüber. „Auweia! Die Piraten steigen schon in die Ruderboote. Gleich sind sie hier!"

„Ich weiß!", rief Boynen. „Aber wir werden sie gebührend empfangen."

Mit Brummel zusammen lief er zum Heck des Schiffes und rief ein paar herumstehenden Männern zu: „Die Kanonen! Los, helft uns!"

Die Angesprochenen gehorchten. Und gemeinsam gelang es ihnen innerhalb kürzester Zeit, zwei Kanonen mit Pulver und Kanonenkugeln zu laden.

Boynen und Brummel übernahmen jeder eine Kanone und zielten auf die vordersten Ruderboote, die dem Piratenschiff schon bedenklich nahe gekommen waren.

„Schuss frei!", rief Boynen und feuerte. Brummel tat dasselbe.

Die Kugeln schlugen direkt vor den beiden vordersten Ruderbooten ins Wasser ein und brachten diese sofort zum Kentern.

Das sorgte für so viel Verwirrung, dass die Piraten in den nachfolgenden Booten erst einmal aufhörten zu rudern.

„Nachladen!", brüllte Käpten Sturm.

Seine Männer reagierten sofort. Wenig später konnten sie bereits zwei weitere Kanonenschüsse abgeben, was die Piraten noch mehr durcheinanderbrachte.

In der Zwischenzeit war der Anker gelichtet worden und das Schiff bewegte sich in schnellem Tempo Richtung offenes Meer. Seebär hielt das Steuerrad fest in den Händen.

Als die Piraten merkten, dass sie die *Havsmonster* nicht mehr einholen konnten, gaben sie auf und kehrten an Land zurück. Und weil sich kein weiteres Segelschiff im Hafen befand, war es ihnen auch nicht möglich, das von Käpten Sturm gekaperte Schiff zu verfolgen.

Boynen riss vor Freude die Faust in die Luft und schrie: „Wir haben es geschafft! Die *Havsmonster* gehört uns!"

Alle an Bord jubelten laut.

Nun wurde Kurs auf den Anlegeplatz der *Esmeralda* genommen. Doch vorher mussten noch die fünf auf dem Schiff verbliebenen Piraten über Bord gehen. Sie waren mittlerweile wieder wach geworden und sprangen schimpfend ins Wasser. Da alle fünf schwimmen konnten, würden sie ohne Probleme das Ufer erreichen.

Als das erledigt war, wandte sich Käpten Sturm an die ehemaligen Gefangenen: „Gut gemacht, Männer. Und jetzt ist es Zeit, Fragen zu stellen!"

Das ließ sich die neue Besatzung der *Havsmonster* nicht zweimal sagen. „Wer sind Sie?", rief einer der Männer.

„Mein Name ist Käpten Wilbert Boynen Sturm. Und ich möchte euch hiermit noch einmal versichern, dass ihr von jetzt an frei seid."

Alle schrien laut: „Hurra! Käpten Sturm lebe hoch!"

Als der Jubel verhallt war, sprach Käpten Sturm weiter: „Als Nächstes solltet ihr mir zwei wichtige Fragen beantworten."

Er ließ seinen Blick forschend über die Männer schweifen. „Erstens: Gibt es unter den Matrosen jemanden, der ein Schiff kommandieren kann?"

Ein dunkelhaariger Mann, der etwa vierzig Jahre alt war, meldete sich. „Ich war Kapitän eines Schiffes, bevor ich von Graf Robos' Männern ausgeraubt und eingesperrt wurde", erklärte er.

„Sehr gut! Wie heißen Sie?"

„Mein Name ist Kapitän Alexander von Harburg."

Käpten Sturm kniff die Augen zusammen und musterte ihn schweigend. Was er sah, gefiel ihm: Dieser Kapitän schien kompetent und freundlich zu sein und würde die Mannschaft bestimmt nicht unnötig schikanieren.

„Alles klar", verkündete er. „Sie übernehmen dieses Schiff und bringen die Männer sicher nach Hause! Wir können später noch ein paar Einzelheiten besprechen."

Wieder blickte er in die Runde. „Und nun zur zweiten Frage: Ist hier ein Matrose mit dem Namen Rudolf Schmidt?"

Ein kräftiger blonder Mann hob seine Hand und schaute Käpten Sturm verwundert an. „Hier! Ich heiße Rudolf Schmidt! Aber woher kennen Sie meinen Namen?"

„Das wirst du bald erfahren!", versprach Boynen. „Aber ich möchte deinen Kameraden vorher noch die Möglichkeit geben, mit uns zu reden."

Während sich nun der eine oder andere ehemalige Gefangene zu Wort meldete, fiel Safira ein Stein vom Herzen. Sie hatten es geschafft! Endlich hatten sie den Mann gefunden, der hoffentlich wusste, wo ihre Eltern waren!

Als die *Havsmonster* die *Esmeralda* erreicht hatte, verabschiedeten sich Käpten Sturm, Brummel, Seebär, Safira und auch Rudolf Schmidt von allen Übrigen.

Käpten Sturm gab Alexander von Harburg die Hand. „Hier trennen sich unsere Wege. Bitte bringen Sie die Männer sicher nach Hause!"

„Das werde ich", versicherte der Kapitän. „Wir stehen tief in Ihrer Schuld, Käpten Sturm, und werden Ihnen nie vergessen, was Sie für uns getan haben. Ich hoffe, dass wir uns irgendwann einmal wieder begegnen werden. Auf Wiedersehen!"

„Ja, das hoffe ich auch! Gute Reise!"

„Gute Reise!", riefen alle Männer auf der *Havsmonster* im Chor. „Auf Wiedersehen!"

Auf der *Esmeralda* wurden sofort die Segel gesetzt und es wurde Kurs Richtung Osten genommen. So ließen Käpten Sturm und seine Mannschaft Madagaskar hinter sich. Ihr neues Motto lautete: „Auf zum Schatz der Nebelberge!"

Nachdem Boynen seinem neuen Gast einen Schlafplatz zugewiesen hatte, lud er ihn mit Safira und Aurora zum Essen in seine Kapitänskajüte ein.

Er erzählte ihm die ganze Geschichte bis zu dem Punkt, an dem es gelungen war, Rudolf und die anderen Gefangenen zu befreien. Allerdings erwähnte er Safiras Eltern mit keinem Wort, weil er ihr das selbst überlassen wollte.

„Dann seid ihr also den weiten Weg von Mellum bis hierher gesegelt, nur um mich zu befreien? Ich kann es nicht fassen.

Womit habe ich das verdient? Ich bin doch nur ein einfacher Matrose aus Heilbronn – nichts Besonderes also", wunderte sich Rudolf.

Boynen lächelte. „Ich habe dir noch nicht alles erzählt. Den Rest erfährst du von Safira."

Die Elfjährige holte tief Luft. Es hatte sie äußerste Mühe gekostet, erst einmal Boynen reden zu lassen. Doch nun durfte sie Rudolf endlich all die Fragen stellen, die ihr so sehr auf der Seele brannten.

Als Erstes platzte sie mit der für sie wichtigsten Sache heraus: „Kennst du zufälligerweise Riccardo und Sarah Alminetti?"

Rudolf stutzte. „Warum willst du das wissen? Und wie kommst du darauf, dass ich ihnen schon einmal begegnet sein könnte?"

Safira schaute ihn enttäuscht an. „Dann kennst du sie also nicht?"

„Das habe ich nicht gesagt. Ich wollte nur wissen, warum du mir diese Frage stellst."

„Weil die beiden meine Eltern sind."

Rudolfs Augen weiteten sich. „Wie bitte? Du bist die Tochter von Riccardo und Sarah Alminetti? Unglaublich!"

„Dann weißt du also doch, wer sie sind?", fragte Safira voller Erwartung. „Leben sie noch?"

„Ja, ich kenne sie. Ich bin sogar ein Freund deines Vaters. Ob deine Eltern noch am Leben sind, kann ich nicht mit Sicherheit sagen, aber ich hoffe es sehr. Denn ich weiß ungefähr, wo sie hingebracht wurden."

Safira, die vor Aufregung fast platzte, sprang auf. „Wohin? Erzähl mir alles, was du weißt! Was ist mit ihnen passiert?"

„Das ist eine lange, traurige Geschichte. Vor ein paar Jahren, als du noch ein kleines Kind warst, wurden deine Eltern entführt und verschleppt. Der Grund dafür war das Geheimnis, das deine Familie hütet."

„Das Geheimnis der Familie Alminetti?", warf Aurora ein. „Kannst du uns das genauer erklären?"

„Ja, das kann ich in der Tat. Wisst ihr, Safiras Großvater war vor langer Zeit mal Schiffsjunge auf dem Piratenschiff von James Flynn. Er kam aber nicht freiwillig dorthin, sondern wurde dazu gezwungen.

Eines Tages erbeutete Piratenkapitän Flynn eine Karte, die zu einem sagenumwobenen Schatz führen sollte. Er nahm sich vor, diesen Schatz zu heben, und segelte zu einer abgelegenen Insel. Tatsächlich gelang es ihm, den richtigen Ort zu finden.

Doch dann wurden er und seine Männer von Einheimischen angegriffen. Alle Piraten wurden bei diesem Überfall getötet. Nur dein Großvater, Safira, hat mit viel Glück überlebt und konnte entkommen.

Er kehrte in seine Heimat Italien zurück. Dort hat er dann aus dem Gedächtnis heraus eine neue Schatzkarte gezeichnet, denn die alte war ja verloren gegangen. Weil er niemandem über den Weg traute, hat er diese Karte in zwei Teilen angefertigt und sich dazu etwas Außergewöhnliches einfallen lassen:

Die Insel selbst hat er mit unsichtbarer Tinte auf ein Pergament gezeichnet. Und der eigentliche Weg zum Schatz ist auf der Innenseite einer Holzkugel zu finden. Ja, Safira, dein Großvater war ein echter Künstler."

Rudolf räusperte sich, bevor er fortfuhr: „Das Pergament steckte in dem Lederbeutel, der hier auf dem Tisch liegt. Ich habe ihn jahrelang für deinen Vater aufbewahrt. Wie gut, dass ihr ihn Graf Robos wieder abgenommen habt! Aber es ist sehr schade, dass ihr nicht auch noch die Kugel besitzt, sonst könnten wir jetzt auf Schatzsuche gehen."

Da grinste Safira schelmisch und holte ihre Holzkugel hervor. „Ja, du hast recht: Der zweite Teil der Schatzkarte befindet sich tatsächlich auf der Innenseite dieser Kugel."

Rudolf machte große Augen. „Ihr habt die Holzkugel? Das ist ja fantastisch! Und ich hatte geglaubt, sie sei für immer verloren gegangen!"

Boynen musste lachen. „Wir haben sie sozusagen einem Räuber aus seiner Räuberhöhle gestohlen. Aber das ist eine lange Geschichte, die ich dir ein anderes Mal erzählen kann. Sprich weiter, Rudolf. Was weißt du noch?"

„Kannst du mir sagen, was mit meinen Eltern passiert ist?", drängte Safira.

„Natürlich kann ich das! Sie wurden von einem üblen Geschäftsmann verschleppt, der irgendwie mitbekommen hatte, welches Geheimnis deine Familie bewahrte.

Offenbar hat dein Großvater doch mal jemanden eingeweiht, den er für vertrauenswürdig hielt. Und der hat leider alles weitererzählt. Schließlich hat sogar ein Schriftsteller davon erfahren und das Ganze in einem Buch erwähnt.

Der Geschäftsmann glaubte, dein Vater könne ihn zum Schatz der Nebelberge bringen. Deshalb hat er deine Eltern entführt und sie auf eine lange Seereise bis nach Niederländisch-Indien mitgenommen. Doch die ganze Aktion war umsonst, weil dein Vater weder die Holzkugel noch den rubinroten Beutel bei sich hatte."

„Und warum nicht?", hakte Safira nach.

„Die Holzkugel war ihm kurz zuvor von einer Räuberbande gestohlen worden. Sie steckte zusammen mit zwei Familienporträts in einer Tasche. Und den rubinroten Beutel hatte dein Vater an einem sicheren Ort in der Heimat versteckt. Er hat mir verraten, wo das war, sodass ich mir den Beutel später holen konnte."

„Woher weißt du das alles?"

„Ich war Matrose auf dem Schiff dieses Geschäftsmanns. Als ich mitbekam, was vor sich ging, habe ich mich heimlich mit deinem Vater angefreundet. Immer wieder habe ich versucht, deinen Eltern zur Flucht zu verhelfen. Aber leider ist mir das nicht gelungen."

„Erzähl weiter!", bat Safira.

„Der Geschäftsmann war so enttäuscht, dass Riccardo und Sarah ihn nicht zum Schatz führen konnten, dass er sie in Niederländisch-Indien auf einer einsamen Insel ausgesetzt hat.

Unglücklicherweise war ich zu jener Zeit todkrank und habe deshalb nicht mitbekommen, welche Insel das war. Und weil der fiese Geschäftsmann mit kranken Matrosen nichts anfangen konnte, hat er mich einfach im nächstbesten Hafen abgesetzt und ist ohne mich weitergesegelt.

Nach einer Weile bin ich wieder gesund geworden und nach Hause zurückgekehrt. So hat sich das alles abgespielt."

„Und was hattest du mit diesem Schurken, Graf Robos, zu tun?", wollte Boynen wissen.

„Graf Robos hat mich in Mellum in ein Gespräch verwickelt. Er muss irgendwie vom Geheimnis der Familie Alminetti erfahren haben – der Kerl hat überall seine Spione, deshalb wundert mich das überhaupt nicht.

Er tat mir gegenüber ganz freundlich und behauptete, er wolle mich zum Essen einladen. Ich bin auf ihn reingefallen und wurde dann von ihm ausgeraubt."

Für einen Moment wurde es still.

Dann stand Boynen auf und schaute in die Runde. „Fassen wir zusammen: Safiras Eltern leben vielleicht noch und befinden sich auf einer einsamen Insel, die vermutlich zu Niederländisch-Indien gehört. Die Suche nach dem Schatz der Nebelberge bringt uns also zwangsläufig in ihre Nähe."

„Ja, es ist fantastisch, dass wir jetzt den richtigen Kurs eingeschlagen haben", meinte Rudolf. „Und ich bin froh, dass ich euch begleiten darf."

Boynen klopfte ihm auf die Schulter. „Darüber freuen wir uns ebenfalls."

„Dann hoffen wir mal, dass alles gut geht", flüsterte Aurora, die großen Respekt vor dem bevorstehenden Abenteuer hatte.

Der Schwarze Pirat erreichte den kleinen Hafen in Madagaskar. „Was ist passiert?", schrie er seine Männer an. „Habt ihr euch wirklich von Käpten Sturm mein Schiff, die wunderbare *Havsmonster,* abnehmen lassen? Ihr elenden Stümper! Dafür werde ich euch bestrafen!"

Dann wandte er sich wutschnaubend in die Richtung, in die Käpten Sturm gesegelt war. Sein Kopf wurde feuerrot vor Zorn. Er schrie in den Wind hinein, und zwar so laut, dass sich seine Stimme dabei fast überschlug: „Ich bin zu spät gekommen, Käpten Sturm. Doch verlass dich drauf: Ich werde dich kriegen und dein schönes Schiff versenken. Und wenn ich dich dafür bis ans Ende der Welt jagen muss!"

Hämisch fing er nun an zu lachen: „Hahaha ... doch vorher wirst du für mich noch diesen Schatz heben! Den Schatz der Nebelberge!"

13. KURS AUF DIE SCHATZINSEL

„Land in Sicht!“, rief Safira laut. „Land in Sicht!“

Sie lag wieder einmal in ihrer Hängematte aus Segeltuch, die sie hoch oben in der Takelage des Schiffs aufgespannt hatte. Es war früh am Morgen. Nach einer längeren Seereise quer durch den Indischen Ozean hatten sie nun endlich die Inselgruppe erreicht, zu der die Schatzinsel gehörte.

Die gesamte Mannschaft der *Esmeralda* erwachte und versammelte sich – noch halb verschlafen – auf Deck. Zum Schluss stießen auch Käpten Sturm und Aurora hinzu.

Käpten Sturm nahm sein Fernrohr in die Hand und schaute sich die vor ihnen liegenden Inseln etwas genauer an. Dann wandte er sich an die Mannschaft: „Guten Morgen, Leute! Wir haben es endlich geschafft. Vor uns befinden sich fünf große Inseln. Und eine davon hat so hohe Berge, dass die Gipfel in Nebel eingehüllt sind.“

Ein Raunen ging durch die Mannschaft. „Die Insel der Nebelberge!“

„Zu dieser Insel werden wir jetzt segeln und dort in einer Bucht vor Anker gehen“, fuhr Käpten Sturm fort. „Und wie wir vorher schon besprochen haben, setzt ihr Brummel, Seebär, Safira, Rudolf und mich dort ab. Danach fahrt ihr mit der *Esmeralda* weiter.“

Einer der Matrosen meldete sich: „Kannst du uns erklären, warum wir nicht einfach vor der Insel vor Anker bleiben dürfen?“

„Selbstverständlich!“, antwortete ihm Käpten Sturm. „Ich möchte unbedingt vermeiden, dass die Einheimischen auf uns aufmerksam werden. Außerdem halte ich es durchaus für möglich, dass uns jemand gefolgt ist, und möchte vorsorgen. Keiner darf erfahren, wo wir mit der Suche nach dem Schatz beginnen. Ihr gebt uns also vierundzwanzig Stunden Zeit und kehrt dann mit der *Esmeralda* zurück."

Das leuchtete jedem ein. Und genau so wurde es dann auch gemacht.

Als die *Esmeralda* auf die Insel zusteuerte, bot sich ihnen ein ungewöhnlicher Anblick: Überall sah man dunklen Wald, der sich vom Ufer bis auf die hohen Berge hinaufzog. Allerdings konnte man von den Bergen nur einen Teil erkennen, weil ihre Gipfel in dichten Nebel gehüllt waren.

Ein Schauder erfasste Aurora, als sie darüber nachdachte, was Boynen und seinen Begleitern jetzt bevorstand. Diese Insel war irgendwie unheimlich – ja, sie steckte voller unbekannter Gefahren.

Kaum war die *Esmeralda* in der Bucht vor Anker gegangen, schien keine Sonne mehr. Eine seltsame Finsternis lag über der ganzen Insel.

„Wollt ihr da wirklich hingehen?", fragte Aurora ängstlich.

Boynen legte ihr links und rechts die Hände auf die Schultern und blickte sie freundlich an. „Mach dir um uns keine Sorgen! Morgen um dieselbe Zeit sehen wir uns wieder."

Da nickte Aurora und flüsterte ihm zu, dass sie für ihn beten würde.

Liebevoll strich er ihr über die Wange.

In diesem Moment stupste Safira ihn an die Schulter. „Wo ist eigentlich Kiki?"

Boynen zeigte auf einen kleinen Käfig, in dem Kiki schmollend auf einer Stange saß. „Wir lassen sie an Bord."

„Warum denn das?", fragte Safira voller Mitgefühl.

„Sie würde uns auf der Insel nur stören und mit ihrer Geschwätzigkeit auf uns aufmerksam machen."

Die farbenfrohe Papageiendame warf ihm vom Käfig aus einen vernichtenden Blick zu. „Kiki beleidigt!“, krächzte sie und steckte aus Protest den Kopf unter ihre Flügel.

Alle lachten.

Wenig später war es Zeit zum Aufbruch.

Boynen und seine Freunde wurden mit ihrer Ausrüstung an Land gebracht. Dann verließ die *Esmeralda* die Insel wieder, sodass die fünf Abenteurer auf sich gestellt waren.

Schweigend setzten sie große Rucksäcke auf, in denen sich alles befand, was benötigt wurde. Boynen hielt eine nagelneue Schatzkarte in der Hand. Aurora hatte sie ihm anhand der Holzkugel nachgezeichnet und auch die Wegbeschreibung, natürlich in Klartext, eingefügt.

„Dort vorne ist ein Felsen, der tatsächlich die Form eines Sterns hat!“, flüsterte Safira. Im Stillen wunderte sie sich darüber, dass sie gar keine Angst verspürte.

„Ja, das ist der Ausgangspunkt unserer Suche“, stellte Boynen zufrieden fest. „Von hier aus müssen wir uns genau an das halten, was Karte und Wegbeschreibung sagen.“ Er warf einen Blick auf den Zettel und las vor: „Folge dem Lauf des Baches, bis du an einen Wasserfall kommst.“

„Na dann los“, murmelte Seebär, dem nur beim Gedanken an den langen Weg schon die Plattfüße wehtaten.

Sie marschierten am Ufer eines kleinen Baches entlang, der von einem Berg herunterfloss. Es ging steil bergauf, sodass alle bald heftig schnauften.

„Das kann ja heiter werden!“, stöhnte Brummel, der einen besonders großen Rucksack trug. Allerdings war das Ding leichter, als es aussah.

Seebär, der ebenfalls ein riesiges Gepäckstück auf dem Rücken hatte, wandte sich an Boynen: „Hast du unsere Rucksäcke mit Blei vollgestopft, oder warum sind die so schwer?" Das meinte er allerdings nicht ernst, denn eigentlich wunderte er sich darüber, wie wenig sein Rucksack wog.

„Spaß beiseite", meinte Brummel. „Sag uns, was du da reingepackt hast. Die Dinger sind ja unglaublich sperrig."

Doch so leicht war Boynen nicht beizukommen. Er grinste und erwiderte nur: „Vertraut mir einfach. Ihr werdet mir später dankbar sein."

Nach einem beschwerlichen Marsch auf eine erste Anhöhe führte der Bach in einen schier undurchdringlichen Wald hinein. Dichte Sträucher und Schlingpflanzen bedeckten den Boden. Es begann, leicht zu regnen, und die Erde wurde immer feuchter und glitschiger. Das Wasser strömte nun mit einer irrsinnigen Geschwindigkeit ins Tal hinunter.

„Passt bloß auf, dass ihr nicht ausrutscht und in den Bach fallt!", warnte Safira.

Eine halbe Stunde später hörten alle ein lautes Rauschen. Feine Wassertropfen legten sich auf ihre Gesichter. Das Rauschen wurde noch stärker und nach kurzer Zeit hörte der Wald auf. Die Abenteurer sahen einen Wasserfall, der sich mit lautem Getöse von einer etwa zweihundert Meter hohen Felswand herabstürzte. Gischt erfüllte die Luft und durchfeuchtete langsam, aber sicher ihre Haare.

Brummel blieb stehen, wandte sich an Boynen und wollte ihn etwas fragen. Aber der Lärm des Wasserfalls übertönte seine Stimme.

Boynen wusste jedoch, was er fragen wollte, und zeigte auf einen Pfad, der sich rechts unterhalb der Felswand vom Wasserfall entfernte. Schweigend ging er voran und die andern folgten ihm. Allmählich wurde das Wasserrauschen leiser, sodass sie sich wieder unterhalten konnten.

Nun blieb Boynen stehen und deutete auf einen mächtigen Riss in der Felswand. „Hier müssen wir rein. Diese Spalte führt zu einer schmalen Schlucht, die wiederum den Zugang zu einer Hochebene darstellt. Und dort gibt es erneut einen dichten Wald, der sich bis zu den Gebirgsfelsen der Nebelberge erstreckt."

„Was ist, wenn wir die Hochebene erreicht haben?", fragte Rudolf unsicher. Er hatte sich bis dahin ruhig verhalten, doch nun schien er seine Besorgnis nicht länger unterdrücken zu können.

„Dann wird es richtig gefährlich", antwortete Boynen. „Denn in diesem dichten Wald lebt ein sehr kriegerischer Stamm von Einheimischen."

Safira runzelte die Stirn. „Sind das etwa die Einheimischen, die ...?" Sie brach ab.

Doch Boynen wusste, was sie meinte, und nickte bedächtig. „Ja, ich fürchte, es handelt sich genau um den Stamm, der Flynn und seine Mannschaft getötet hat. Wir müssen deshalb äußerst vorsichtig sein und uns ruhig verhalten. Sonst werden wir entdeckt. Und dann sieht es schlecht für uns aus."

Alle schauten ihn mit ernster Miene an und nickten.

Boynen zwängte sich als Erster durch den Felsspalt in die enge Schlucht. Dann folgte ihm einer nach dem anderen. Inzwischen regnete es in Strömen.

Zum Glück hatte Boynen vorgesorgt: Bereits auf der Reise zu dieser Insel hatte er alle angewiesen, ihre Kleidung mit einer gummiartigen Tinktur einzureiben. Das Zeug war wasserabweisend, sodass der Regen nun einfach an ihrer Kleidung abperlte.

Rudolf war begeistert. „Woher hast du diese Tinktur, Boynen? Unsere Haut bleibt tatsächlich trocken – das ist ja großartig!"

Boynen zuckte mit den Schultern. „Ich habe dieses Mittel aus Gummibäumen vom Amazonas gewonnen. Bin selber überrascht, wie gut es funktioniert."

Brummel klopfte Rudolf auf die Schulter. „Du musst wissen: Unser Käpten ist nicht nur ein verwegener Abenteurer, sondern auch ein hochbegabter Chemiker und ein genialer Erfinder."

„Wenn es brenzlig wird, hat er immer noch ein paar zusätzliche Überraschungen aus seiner Trickkiste dabei – verlass dich drauf", ergänzte Seebär lachend.

Es war ein mühevoller Anstieg, denn auch durch die schmale Schlucht ging es steil bergauf. Aber schließlich erreichten sie die Hochebene und damit einen finsteren, unheimlichen Wald.

Eine eigenartige Stille herrschte – nur die Regentropfen waren zu hören. Keiner traute sich, etwas zu sagen. Denn sie mussten jetzt jederzeit damit rechnen, dass sich Einheimische in ihrer Nähe befanden.

Stumm zeigte Boynen auf einen verknöcherten Baum, der die Form eines Gesichts hatte. „Dieser Baum ist auch auf meiner Karte eingezeichnet", flüsterte er. „Wir müssen nun diesem Bach hier folgen."

Im Zickzack ging es durch den Wald, der immer dunkler und gespenstischer wurde, je näher sie an die Nebelberge herankamen. Sehr oft mussten sie durchs Wasser laufen, weil das Dickicht um den Bach herum undurchdringlich war.

Und dann hörten sie plötzlich ein Geräusch. Alle hielten die Luft an und lauschten.

Bum ... bum ... bum.

„Was ist das?", fragte Safira ängstlich.

Boynen hob die Augenbrauen. „Ich weiß es nicht. Los, weiter! Wir dürfen keine Zeit verlieren."

Bum ... bum ... bum.

Das Geräusch kam näher. Und es schwoll immer mehr an.

Safira hatte die besten Ohren, deshalb blieb sie stehen und schaute die anderen entsetzt an. „Das sind Trommeln!"

Nun lauschte auch Boynen angestrengt. Dann stieß er leise hervor: „Einheimische! Sie kommen auf uns zu! Los! Versteckt euch!"

Das brauchte er nicht zweimal zu sagen. Sofort sprangen alle aus dem Bachbett und krochen unter einige dichte Sträucher, die sich direkt am Ufer befanden. Sie blieben dort liegen, mucksmäuschenstill, und blickten der herannahenden Gefahr entgegen.

Aus ihrer Deckung heraus sahen sie etwa zwanzig Krieger, deren Gesichter in den wildesten Farben bemalt waren. Es hatte den Anschein, als ob ihre Köpfe tausend Augen hätten, die den Urwald pausenlos nach Eindringlingen absuchten.

Einige von ihnen hielten eine Buschtrommel in der Hand, auf die sie rhythmisch schlugen. Der Rest der Krieger war mit Speeren bewaffnet.

Die Männer kamen immer näher und erreichten nach kurzer Zeit die Sträucher, unter denen sich Boynen mit seinen Leuten versteckt hielt. Ein herber Duft ging von ihnen aus. Offenbar hatten sie sich den Saft irgendeiner Pflanze auf die Haut geschmiert.

Safira standen beim Anblick dieser Krieger förmlich die Haare zu Berge. Gleichzeitig kitzelte es sie in der Nase, und sie war kurz davor zu niesen. Sie wollte sich gerade mit Daumen und Zeigefinger die Nase zuhalten, um dadurch den Niesreiz zu unterdrücken.

Doch dann fiel ihr ein, dass diese Männer jede noch so kleine Bewegung im Busch bemerken würden.

Der Juckreiz wurde immer stärker. Wie sollte sie das Niesen nur unterdrücken? Sie hielt die Luft an – ihr Gesicht verkrampfte sich dabei vor lauter Anstrengung.

Mit einer ganz langsamen Bewegung fasste sie sich dann doch an die Nase und presste die Nasenflügel, so fest sie konnte, aneinander. Dadurch ließ der Niesreiz endlich nach.

Safira atmete erleichtert auf. Das war ja gerade noch einmal gut gegangen!

Erstaunlicherweise marschierten die Krieger an den Abenteurern vorbei, ohne sie zu bemerken. Und kurz darauf waren sie wieder fort. Auch das Trommeln wurde leiser, bis es in der Ferne schließlich ganz verstummte.

„Los, wir müssen weiter!", forderte Boynen die anderen auf, erhob sich rasch und ging voran. Alle folgten ihm sofort, obwohl sie sich noch gar nicht richtig von diesem Schrecken erholt hatten.

Nach einer Stunde erreichten sie zwölf große Felsbrocken, die in einem Kreis so angeordnet waren, dass sie spitz nach oben zeigten.

„Auf meiner Karte sind diese Felsen auch eingezeichnet. Safiras Großvater hat sie die ‚zwölf Apostel' genannt", erklärte Boynen.

„Ein passender Name!", meinte Safira kichernd.

Alle betrachteten die zwölf Felsbrocken und danach eine sich über ihnen auftürmende, mächtige Bergwand. Man konnte nicht erkennen, wie hoch sie war, weil sie sich weiter oben im Nebel verlor.

Boynen zeigte nach oben. „Dort müssen wir leider hinauf! Aber ich weiß noch nicht, an welcher Stelle das überhaupt möglich ist. Aus den Angaben auf der Karte werde ich leider nicht schlau."

„Vielleicht wäre es besser, wenn wir hier erst einmal Rast machen", schlug Seebär vor, dessen Füße schon seit Langem schmerzten. „Der Regen hat aufgehört, und ich finde, wir sollten die Gelegenheit nutzen, etwas zu essen."

Boynen runzelte die Stirn. „Ich weiß nicht, ob das so eine gute Idee ist. Wenn uns die Krieger hier überraschen, sitzen wir in der Falle. Aber lasst uns abstimmen!"

Er schaute in die Runde. „Wer ist dafür, jetzt sofort die Felswand hinaufzuklettern?"

Nur er selbst meldete sich.

„Und wer ist dafür, Pause zu machen und etwas zu essen?"

Nun gingen alle übrigen Hände hoch.

Boynen kapitulierte. „Na gut, dann machen wir eben Pause. Aber glaubt mir, es wäre besser, wenn wir uns zuerst in Sicherheit bringen und danach ausruhen würden."

Doch die anderen ließen sich bereits seufzend auf ein paar niedrige Felsen fallen. Sie packten den Proviant aus, den Aurora ihnen mitgegeben hatte, und fingen an zu essen.

Keiner sagte etwas, weil alle von dem langen, beschwerlichen Weg erschöpft waren.

Doch auf einmal hielt Safira inne und spitzte die Ohren. Aus der Ferne vernahm sie ein Geräusch: bum ... bum ... bum.

Wenig später hörten es auch die anderen: bum ... bum ... bum.

Boynen sprang auf. „Die Einheimischen kehren zurück! Wir müssen uns verstecken."

Er schaute sich um, fand aber nichts, wo sie sich vor den Augen dieser erfahrenen Krieger hätten verbergen können. Es gab weit und breit keinerlei Dickicht mehr. Sie saßen praktisch auf dem Präsentierteller.

„Du hast recht gehabt, Boynen", gab Seebär zu. „Wir hätten deinem Rat folgen sollen."

Bum ... bum ... bum.

Das Trommeln wurde lauter und klang mittlerweile sehr bedrohlich.

„Sie kommen immer näher!", rief Rudolf entsetzt. „Wir müssen schleunigst von hier verschwinden."

„Aber wohin?", fragte Brummel.

Als Safira die steile Felswand musterte, erkannten ihre scharfen Augen einen kleinen Absatz. „Dort geht es lang!", rief sie und fing an, den Felsen hinaufzuklettern.

Die anderen standen wie angewurzelt da und beobachteten, wie sie in Windeseile den Absatz erreichte, der sich etwa fünfzehn Meter über dem Boden befand.

„Los! Folgt mir!", rief sie zu ihnen hinunter. Sie holte ein Seil aus ihrem Rucksack, befestigte es an einer geeigneten Stelle und warf es nach unten.

Inzwischen hatte es wieder stark zu regnen begonnen, sodass die mit Moos bewachsene Felswand noch glitschiger wurde. Als die anderen nun nacheinander hinaufkletterten, waren sie heilfroh, dass sie sich an Safiras Seil festhalten konnten.

Und dann hörten sie unter sich ein wildes Geschrei. Die ersten Krieger erreichten die Felswand und brüllten hinter ihnen her.

Boynen, der als Letzter hinaufstieg, schaute besorgt nach unten.

In diesem Augenblick warf einer der Krieger einen Speer nach ihm.

Boynen reagierte schnell und konnte im letzten Moment noch ausweichen. Doch dabei rutschte er ab und glitt wieder einen Meter weit nach unten. Er konnte sich gerade noch mit seinen Händen am Seil festhalten, während seine Füße in der Luft baumelten.

Weitere Speere wurden geschleudert und verfehlten ihn nur um Zentimeter.

Da fanden seine Füße endlich wieder Halt, sodass er die Kletterpartie fortsetzen konnte.

Die anderen standen unterdessen auf dem schmalen Absatz und hielten den Atem an. Wie gebannt schauten sie auf die schreiende Meute von Kriegern, die versuchten, Boynen irgendwie herunterzuholen. Wieder und wieder warfen sie ihre Speere nach ihm, doch inzwischen befand er sich zum Glück außerhalb ihrer Reichweite.

Da begannen die ersten Krieger, ebenfalls die Wand hinaufzuklettern.

„Jetzt ist es aus!", schrie Rudolf. Seine Stimme überschlug sich vor Panik und verhallte im dichten Nebel.

14. Eine freche Frage

Jetzt müssen wir aber zu Mittag essen", unterbrach Mama die Leserunde, „sonst reicht uns die Zeit nicht mehr. Und anschließend müssen wir gleich los zum Gottesdienst."

Lenny und Anne wollten schon protestieren. Doch im Grunde waren sie auch auf den angekündigten Missionar gespannt. In Käpten Sturms Logbuch hatte ja gestanden, dass die Schatzinsel zu Niederländisch-Indien gehörte. Und Opa Abraham hatte den Kindern erklärt, dass dies der frühere Name des Inselstaates Indonesien sei.

Der Missionar kam also aus einer Region, um die es auch in Käpten Sturms Logbuch ging. Deshalb konnte Lenny es kaum erwarten, mehr darüber zu erfahren.

Einige Zeit später saßen Lenny und Anne im Gemeindehaus der Kirchengemeinde Bodenwald. Der Missionar stellte seine Arbeit in Indonesien vor und zeigte viele interessante Bilder. Am Schluss durften die Besucher noch Fragen stellen.

Lenny hätte sich gern gemeldet, aber weil so viele Leute im Raum waren, traute er sich nicht.

Da hob ein anderer Junge in seinem Alter mutig die Hand.

Der Missionar nickte ihm freundlich zu.

„Mein Papa hat mich geschickt, Sie zu fragen, warum Sie die Einheimischen auf diesen Inseln nicht einfach in Ruhe lassen! Er meint, dass die Leute dort doch viel glücklicher sind, wenn man ihnen keine fremde Religion aufschwätzt."

Der Missionar lächelte. „Und warum kommt dein Vater nicht selbst und stellt mir diese Frage?"

Neugierig wandte Lenny den Kopf und bekam gleich darauf einen Schreck. Der Junge, der sich gemeldet hatte, war der gemeine Jochen aus seiner Klasse!

Jochen zuckte mit den Schultern. „Ich weiß es nicht, aber vielleicht können Sie die Frage ja trotzdem beantworten." Er kicherte. „Wenn Sie das überhaupt können."

Lenny schüttelte den Kopf. Das sah Jochen ähnlich! Wahrscheinlich hatte er das alles nur gesagt, um den Missionar zu ärgern. Ach, wenn er diesen fiesen Typ nur nie wiedersehen müsste!

Zu Lennys Erstaunen reagierte der Missionar aber sehr verständnisvoll. „Das ist eine gute Frage, die ich mir selbst auch immer wieder stelle."

Überrascht horchte Jochen auf. „Wie bitte? Sie finden diese Frage also nicht überflüssig oder unverschämt?"

„Nein, ganz im Gegenteil. Ich überlege mir wirklich immer wieder: Warum lassen wir Missionare die Ureinwohner dieser Inseln nicht einfach in Ruhe, sondern erzählen ihnen von Jesus Christus? Wie heißt du übrigens?"

„Jochen, Jochen Frei."

„Also, Jochen, die dort lebenden Männer und Frauen, die Christen geworden sind, sagen mir Folgendes: ‚Die Götter, an die wir vorher geglaubt haben, haben uns gehasst. Aber Jesus Christus liebt uns.

Wir mussten den bösen Geistern dauernd Opfer bringen, um sie zu besänftigen. Jesus Christus hat sich dagegen selbst für uns geopfert, um uns zu retten.

Früher hatten wir ständig ein schlechtes Gewissen, weil wir so viele böse Dinge getan hatten. Wir fürchteten uns davor, dass uns die Götter bestrafen würden. Doch jetzt wissen wir, dass Jesus Christus uns alle unsere Fehler vergeben hat. Er ist dafür am

Kreuz gestorben. Er hat uns frei gemacht von Angst, Schuld und unserem schlechten Gewissen.

Früher führten wir dauernd Krieg mit unseren Nachbarvölkern. Wir haben uns gegenseitig angegriffen, beraubt und getötet. Doch Jesus Christus hat diesen Krieg beendet und uns Frieden geschenkt.

Nein, wir würden ihn niemals gegen unsere alten Götter eintauschen. Denn Jesus Christus ist der Sohn Gottes. An ihn glauben wir.'"

Es wurde einen Moment still im Raum; man merkte, dass die meisten Besucher beeindruckt waren. Sogar Jochen wirkte sehr nachdenklich.

Dann meldeten sich noch weitere Personen, die bestimmte Einzelheiten über das Leben in Indonesien wissen wollten.

Auch diese Fragen beantwortete der Missionar ausführlich und anschaulich.

Zuletzt erkundigte sich noch jemand, woran man denn merken würde, dass jemand Christ geworden sei. Würde sich da wirklich etwas im eigenen Leben ändern, oder blieb alles wie vorher?

Der Missionar freute sich über diese Frage und zählte einige Beispiele dafür auf, wie sich die Menschen im Laufe der Zeit verändert hatten. Zum Schluss sagte er: „Und stellt euch vor: Wenn jemand einem anderen etwas geraubt hatte, dann hat er das ganz offen zugegeben und die Sache wieder in Ordnung gebracht.

Ja, diese Menschen haben begriffen, dass man seine Fehler nicht verschweigen soll. Stattdessen soll man seine Schuld bekennen – nicht nur vor Gott, sondern auch vor den Menschen, denen man etwas angetan hat. Wenn man das nicht tut, läuft man immer mit einem schlechten Gewissen herum und wird nie wirklich glücklich ..."

Als Anne das hörte, klopfte ihr Herz ganz laut.

Ihr fiel wieder ein, dass sie Mamas kostbare Vase kaputt gemacht hatte. Und anstatt zuzugeben, was sie getan hatte, wollte sie alles verheimlichen. Wie feige sie doch war! Anne fühlte sich elend.

So konnte es nicht weitergehen! Deshalb fasste sie einen Entschluss: Sie würde Mama sagen, was sie getan hatte, und zwar gleich heute Abend.

Davor würde sie sich jedoch noch mit den anderen vor den Kamin setzen und erfahren, wie Käpten Sturm die nächste große Herausforderung bewältigte.

15. IN GRÖßTER GEFAHR

Endlich erreichte auch Boynen den Absatz in der Felswand. Doch anstatt wie die anderen nach unten zu schauen, riss er sich seinen Rucksack von der Schulter. Er öffnete ihn, kramte darin herum – und wurde fündig.

„Ich hab's!", rief er zufrieden und holte mehrere kleine Schnapsfläschchen heraus.

Als die anderen das sahen, dachten sie, er sei verrückt geworden.

„Willst du jetzt mit den wilden Kriegern anstoßen und eine Runde Schnaps trinken?", fragte Seebär irritiert. „Ich hatte eigentlich gehofft, du packst ein paar Stangen Dynamit aus und schmeißt sie denen vor den Latz."

Boynen antwortete nicht. Stattdessen nahm er zwei Fläschchen und warf sie den heraufkletternden Kriegern entgegen. Weitere Fläschchen schleuderte er zwischen die Einheimischen, die wild gestikulierend herumtanzten und ihre Stammesgenossen anfeuerten.

Zunächst tat sich überhaupt nichts. Doch dann hörten die Krieger plötzlich auf zu klettern. Sie stutzten und ... hielten sich die Nase zu.

Ihr Gesicht verzog sich zu einer wilden Grimasse, und sie fingen an, mit den Armen zu rudern. Und weil ihnen anscheinend schwindlig wurde, sprangen sie mit einem gewagten Satz wieder auf den Boden. Der war zum Glück vom Regen so weich, dass sich niemand verletzte.

Aber jetzt verstummten auch die Krieger, die unten standen. Sie hielten sich ebenfalls die Nase zu und starrten entsetzt zu den fünf Abenteurern hinauf.

„Was hast du ihnen denn vor die Füße geworfen?", wollte Seebär wissen.

Auch Brummel war beeindruckt. „Die sind ja endlich mal still!", meinte er verblüfft. „Wie hast du das nur angestellt?"

Doch er musste gar nicht auf die Antwort warten. Denn schon stieg ihm von unten her ein erbärmlicher Gestank in die Nase, der alles übertraf, was er jemals erlebt hatte. Sofort hielt auch er sich vor Ekel die Nase zu.

Die anderen taten dasselbe.

Boynen brach in lautes Gelächter aus. „Stinkbomben! Ich habe ein paar Stinkbomben hinuntergeworfen. Hab das Zeug aus ein paar Chemikalien selber zusammengemixt."

„Das zieht einem ja voll die Schuhe aus, dieser Gestank! Boynen! Wie kannst du nur?!", beklagte sich Seebär, halb im Scherz.

Jetzt verzog auch Boynen das Gesicht. „Stimmt! Ich glaube, ich hab es etwas übertrieben. Das stinkt ja viel heftiger, als ich gedacht hätte."

„Das riecht nach faulen Eiern", japste Safira.

„Der Geruch einer Grube voller Gülle ist noch harmlos dagegen", äußerte sich nun auch Rudolf.

Die Einheimischen schauten sich verwirrt an.

„Was ist das?", brüllte der Häuptling – natürlich in seiner eigenen Sprache – und blickte Rat suchend zum Medizinmann des Stammes hinüber.

Der schnupperte in die Luft, wobei er vor Übelkeit fast umkippte. Dann sah er zum Häuptling hinüber und wimmerte leise: „Der Gestank der Götter!"

Wild gestikulierend hob er anschließend seine Hände, zeigte zu Boynen hinauf und schrie aus Leibeskräften: „Der Gestank der Götter! Wir sind alle verloren! Der Gestank der Götter!"

Die Krieger starrten ihn an. Im nächsten Moment ließen sie ihre Speere fallen, warfen sich ehrfürchtig auf den Boden und wiederholten: „Der Gestank der Götter!"

Dann sprangen sie auf und ergriffen die Flucht. Sie hatten panische Angst vor diesen seltsamen Wesen über ihnen, die sie irgendwie erzürnt haben mussten. Der „Gestank der Götter" hatte ihnen einen Riesenschreck eingejagt.

Boynen und seine Freunde schauten ihnen nach. Da sie die Sprache der Einheimischen nicht verstanden, wussten sie nicht, was diese einander zugerufen hatten. Aber das Ergebnis war jedenfalls eindeutig!

Seebär griff nach einem übrig gebliebenen Fläschchen und rümpfte die Nase. „Und ich hätte das Zeug gestern beinahe als Gewürz in unsere Suppe gemischt!"

Boynen grinste. „Na, da haben wir aber noch mal richtig Glück gehabt! Denn das ...", er schnappte nach Luft, „... hätte uns wahrscheinlich ganz schön gestunken."

Alle mussten lachen.

Nach einer Weile verflog der schreckliche Geruch, und sie konnten überlegen, was als Nächstes zu tun war.

Safira schaute sich um. „Also, hier auf dem Absatz kommen wir wahrscheinlich nicht weiter. Die Felswand über uns ist viel zu steil und zu glatt, als dass wir dort hinaufklettern könnten. Ich glaube, wir müssen wieder hinabsteigen."

Doch Boynen schüttelte den Kopf und überprüfte noch einmal seine Schatzkarte. „Nein, wir sind hier goldrichtig." Mit zusammengekniffenen Augen musterte er eine Stelle an der Wand, die mit Moos bewachsen war. Dann fasste er dorthin und entfernte das Moos.

Jetzt war ein kleiner Spalt im Felsen zu sehen.

„Da passen wir niemals durch", wandte Brummel ein.

„Abwarten", widersprach Boynen. „Mir scheint, das ist eine ziemlich große Öffnung, die sich im Lauf der Jahre mit Dreck und Geröll gefüllt hat. Wir müssen also nur das ganze Zeug rausschaffen, um in die dahinterliegende Höhle zu gelangen."

„Was für eine Höhle?", fragte Rudolf.

„Laut unserer Karte befindet sich hinter diesem Spalt ein breiter Hohlraum, der in einen Tunnel mündet. Und dieser Tunnel führt ganz nach oben auf den Berg. Dort ist es dann nicht mehr weit bis zum Schatz."

Gemeinsam machten sie sich also daran, den Zugang zu der Höhle frei zu machen. Und schließlich war der Spalt tatsächlich so breit, dass sich auch Brummel und Seebär hindurchzwängen konnten.

Als alle im Innern der Höhle standen, griff Boynen in seinen Rucksack. „Wir brauchen Licht!" Er holte zwei Feuersteine und mehrere Fackeln heraus. Nachdem alle Fackeln angezündet waren, konnten sich die fünf Abenteurer richtig umsehen. Sie erblickten eine geräumige Felsengrotte, in der vielleicht einmal Tiere gehaust hatten. Doch jetzt war sie leer.

Im hinteren Bereich der Höhle begann ein Gang, der sofort steil anstieg und offenbar immer weiter in den Berg hineinführte.

„Wenigstens ist es hier einigermaßen trocken", freute sich Safira, die wegen des ständigen Regens dauernd niesen musste. „Ich hoffe, dass ich mich nicht erkältet habe."

„Aber mir scheint, dort geht es schon wieder steil bergauf!", stöhnte Seebär, dem die Plattfüße immer mehr wehtaten. „Können wir nicht eine Pause machen?"

Boynen nickte. „Diesmal halte ich das auch für eine gute Idee. Wir hatten vorhin ja gar keine Zeit, um fertig zu essen. Und wenn wir es ganz nach oben schaffen wollen, brauchen wir genügend Kraft."

Das ließen sich die anderen nicht zweimal sagen: Alle warfen sich auf den Boden und streckten die Beine aus. Dann packten sie ihren Proviant wieder aus und setzten die jäh unterbrochene Vesperpause fort.

Während sie aßen, wandte sich Boynen an Seebär: „Hey, alter Haudegen! Zieh mal deine Schuhe aus!"

„Warum?", fragte der.

„Vertrau mir einfach!"

Seebär zuckte die Achseln, zog seine Schuhe aus und blickte auf seine schmerzenden Füße. „Diese platten Dinger sind einfach nicht zum Laufen geschaffen", murmelte er vor sich hin.

Boynen griff nach Seebärs Füßen und streifte ihm auch noch die Strümpfe ab. Davor hatte er ein Döschen Salbe aus seinem Rucksack geholt. Im Gegensatz zu den Stinkbomben verbreitete diese Salbe allerdings einen herrlich aromatischen Duft nach Minze.

Sorgfältig rieb Boynen nun Seebärs Füße damit ein.

Als er fertig war, leuchteten Seebärs Augen vor Begeisterung. „Die Schmerzen sind weg – und meine Füße sind wie neu! Was ist das?"

„Ein Rezept, das ich von einem Freund aus China bekommen habe", erklärte Boynen.

Rudolf hatte das Ganze ungläubig beobachtet. „Boynen! Was tust du?", fragte er nun. „Du bist doch ein Kapitän! Wie kannst du nur einem gewöhnlichen Matrosen die Füße massieren? Das ist doch unter deiner Würde!"

Boynen lächelte. „Warum sollte ich mir dafür zu schade sein, meinem treuen Freund Seebär zu helfen? Er hat für uns den ganzen Tag diesen riesigen Rucksack geschleppt, obwohl ihm von Anfang an die Füße wehgetan haben. Da ist es für mich selbstverständlich, ihm etwas Gutes zu tun."

„Aber du bist ein Kapitän!", erinnerte ihn Rudolf. „Solche Sachen könntest du doch anderen überlassen."

Boynen schaute ihm freundlich in die Augen. „Rudolf, ein guter Kapitän sollte immer bereit sein, mit anzupacken. Erwarte ich nicht auch von jedem meiner Matrosen, dass er anderen hilft und auch mal die unangenehmen Arbeiten auf dem Schiff übernimmt? Da muss ich doch selber mit gutem Beispiel vorangehen."

Brummel schlug Rudolf kameradschaftlich auf die Schulter. „Verstehst du jetzt, warum wir unseren Käpten alle von Herzen lieben? Glaub mir, jeder von uns würde sein letztes Hemd für ihn hergeben, wenn es nötig wäre. Wir sind wie eine große Familie."

So etwas war für Rudolf völlig neu. Aber es leuchtete ihm ein. Und er begriff, dass Käpten Sturm mit seiner freundlichen Art viel mehr erreichte als andere Kapitäne. Kein Wunder, dass sich alle Matrosen darum rissen, auf der *Esmeralda* anzuheuern!

Nun zog Seebär seine Strümpfe und Schuhe wieder an, sprang auf und erklärte voller Tatendrang: „Meine Füße fühlen sich wie neu an! Los! Steht auf! Wir haben noch einen langen Weg vor uns."

Ohne auf die anderen zu warten, stürmte er los Richtung Tunnel.

Brummel wandte sich lachend an Boynen: „Der bewegt sich ja schneller als ein Wiesel. Kannst du mir nicht auch mal die Füße massieren?"

„Kein Problem", grinste Boynen. „Aber ich kann dir auch das Döschen mit der Salbe ausleihen und du probierst es selbst!"

„Genau", meinte Safira und zwinkerte Brummel zu, während sie ihren Rucksack wieder aufsetzte.

In den darauffolgenden Stunden marschierten sie, ohne viel zu reden, durch den langen Tunnel. Sie kamen nur langsam voran, weil der Boden sehr holprig war und es steil nach oben ging. Manchmal wurde der Tunnel so niedrig, dass sie sich bücken mussten. An anderen Stellen mussten sie erst einmal Geröll wegräumen, damit alle durchkamen.

Dann wurde der Gang plötzlich eben und mündete in eine große Höhle. Eine glatte Felsplatte verlief schräg nach unten. Sie ähnelte einer Rutschbahn, über die man zum Boden der Höhle gelangen konnte. Begeistert stieß sich einer nach dem anderen ab und glitt hinunter.

Als alle unten standen, zeigte Boynen auf einen Ausgang, der auf der anderen Seite der Höhle lag. „Dort müssen wir später wieder hinauf. Und nach meinen Berechnungen dürfte es dann nicht mehr weit sein, bis wir wieder nach draußen gelangen."

Er schaute auf seine Uhr, die er immer dabeihatte.

„Wie spät ist es?", fragte Safira.

„Neun Uhr! Zeit, ins Bett zu gehen."

„Wir haben aber kein Bett", grinste Brummel.

„Aber wir haben eine trockene Höhle", konterte Boynen. „Am besten legen wir uns hier einfach auf den Boden und schlafen für ein paar Stunden. Ich übernehme die erste Wache."

„Ich die zweite", meldete sich Rudolf, worauf sich auch die Übrigen anschlossen.

Laut Boynens Uhr war es früh am Morgen. Safira hatte soeben Seebär abgelöst und die allerletzte Wache übernommen. Gähnend schaute sie sich um.

Da hörte sie plötzlich ein merkwürdiges Geräusch: rrrrrrr ...

Sie sprang auf und spitzte die Ohren. Das Geräusch kam aus der Richtung, in die sie unterwegs waren, und es wurde immer lauter. Nun verwandelte sich das seltsame Scharren in ein Rauschen und wenig später in lautes Geplätscher.

Auf einmal wurde Safira klar, womit sie es zu tun hatten. „Aufwachen!", schrie sie, so laut sie konnte. „Schnell! Steht alle auf!"

Erschrocken sprangen die anderen auf.

„Was ist los?", rief Boynen.

Doch dann sah er es schon selbst: Von oben strömte Wasser in die Höhle, das rasch den Boden bedeckte. Innerhalb weniger Minuten hatte es sie erreicht, sodass sie nasse Füße bekamen. Und jedem war klar, dass das nur der Anfang war: Die Höhle glich einer großen Badewanne, die soeben voll Wasser lief.

„Wir müssen uns in Sicherheit bringen!", schrie Boynen. „Los, dort den Felsen hinauf, sonst ertrinken wir."

Eilig schnappten alle ihre Rucksäcke und brachten sich auf dem am höchsten gelegenen Felsen in Sicherheit. Mit weit aufgerissenen Augen beobachteten sie dann, wie der Wasserpegel stieg.

Was sollten sie nur tun?

16. DER SCHATZ DER NEBELBERGE

Das Wasser schien den Abenteurern schon bedenklich nahe zu kommen, obwohl sie knapp unterhalb der Höhlendecke auf einem Felsen saßen.

Safira, die eine Fackel in der Hand hielt, schaute auf das bedrohlich ansteigende Wasser. Doch anstatt vor Angst zu weinen, sagte sie laut hörbar für alle ihren Lieblings-Bibelvers auf: „‚Rufe mich an in der Not, so will ich dich retten, und du sollst mir danken.' Das steht in der Bibel in Psalm 50, Vers 15. Los! Machen wir das!"

Dann fing sie an zu beten. Sie schickte jedoch kein stilles Stoßgebet zum Himmel, sondern rief laut und deutlich: „Herr, wir sind in Not und brauchen dringend deine Hilfe!"

Durch Safira ermutigt, fingen jetzt auch Boynen und die anderen an, Gott um Hilfe zu bitten. „Herr Jesus, zeig uns einen Ausweg, bitte!"

„Gott, hilf uns!"

Unter ihnen rauschte und plätschterte das Wasser.

Da schloss Boynen die Augen und dachte nach. Wie weit konnte das Wasser eigentlich noch steigen? Gab es in dieser Höhle keinen Abfluss?

Im nächsten Moment stieß er einen Seufzer der Erleichterung aus. Ja, natürlich! Sie brauchten keine Angst zu haben, dass sie ertrinken würden.

„Passt auf, gleich wird der Pegel wieder sinken", erklärte er zuversichtlich. „Es kann nicht mehr lange dauern!"

Und tatsächlich – auf einmal änderte sich das Geräusch des Wassers: Es war, als ob es schlürfend in einen Abfluss gesaugt würde. Es hatte den Eingang des Tunnels erreicht, durch den die

Abenteurer in die Höhle gelangt waren. Und durch diesen Tunnel strömte es nun bergab.

Alle atmeten auf und blickten sich erleichtert an. Wie gut, dass sie nicht ertrinken mussten!

„Aber wie kommen wir jetzt aus dieser Höhle raus?", erkundigte sich Rudolf. „Der Gang, der weiter nach oben führt, hat sich doch inzwischen in einen reißenden Fluss verwandelt. Und wir müssten quer durch die Höhle schwimmen, um ihn zu erreichen!"

„Laut meiner Karte muss es hier oben noch einen weiteren Ausgang geben", meinte Boynen. „Los, schaut euch mal danach um!"

„Weißt du das oder hoffst du das nur?", fragte Seebär skeptisch.

Doch Boynen ließ sich nicht beirren. „Wenn einer von euch irgendwo einen Luftzug spürt, dann sagt es mir. Denn dort muss sich der Ausgang befinden."

Safira, die im obersten Winkel der Höhle saß, merkte tatsächlich etwas. „Ich glaube, hier könnte es sein."

Sofort kletterte Boynen zu ihr hin. „Ja, du hast recht!" Er hielt seine Fackel dichter heran und untersuchte die betreffende Stelle.

Schließlich wandte er sich an die anderen: „Hey, Leute! Hier gibt es tatsächlich einen großen Spalt oder Gang, der aus der Höhle führt! Aber leider versperrt ein dicker Felsbrocken den Weg."

„Na, dann lasst mal den Experten ran!", schlug Brummel vor. Er stieg weiter hoch, umfasste den Felsbrocken mit beiden Armen und versuchte, ihn wegzurücken.

Doch er schaffte es nicht. „Seebär, hilf mir mal!"

Mit vereinten Kräften gelang es den beiden, den schweren Felsbrocken zur Seite zu schieben. Sie gaben ihm einen heftigen Stoß, sodass er unter lautem Platschen ins Wasser fiel.

Jetzt lag vor ihnen ein Höhlenausgang, der offenbar groß genug für alle war.

„Geht ihr voran!", forderte Boynen die beiden kräftigen Matrosen auf.

Brummel und Seebär gehorchten.

„Das ist tatsächlich ein Ausweg!", rief Brummel den Nachfolgenden zu. „Aber es geht wieder einmal steil nach oben."

Als Boynen hinaufblickte, entdeckte er einige Meter über ihnen einen Lichtstrahl. „Ja, dieser Höhlenschacht führt wirklich nach draußen. Aber wir müssen klettern."

Im Schneckentempo bewegte sich die kleine Gruppe immer weiter hinauf, bis sie schließlich den Ausgang erreicht hatten. Erleichtert krochen sie aus dem dunklen Schacht heraus und warfen sich vor lauter Erschöpfung erst einmal auf den Boden.

Safira sprach sofort ein lautes Dankgebet: „Lieber Gott! Vielen Dank, dass du uns einen Ausweg gezeigt und uns gerettet hast. Amen!"

Aurora hatte ihr einmal gesagt, dass Dankbarkeit eines der wichtigsten Dinge im Leben sei. Und sie hatten wirklich Grund, Gott dankbar zu sein.

Dichter Nebel umgab die fünf Abenteurer.

„Wo sind wir hier eigentlich?", wollte Safira wissen.

„Ganz oben auf den Nebelbergen", grinste Seebär, der sich ein Stück Seelachs aus seinem Rucksack geholt hatte und genüsslich daran kaute.

Boynen hingegen hatte nach seiner Schatzkarte gegriffen und versuchte, sich zu orientieren. Schließlich erklärte er: „Der Schatz muss hier irgendwo in der Nähe sein, und zwar in einer

Grotte unterhalb eines Felsens, der die Form eines Totenkopfes hat."

Alle schauten sich nach diesem Totenkopffelsen um. Doch der dichte weiße Dunst versperrte ihnen die Sicht, sodass sie schon aufgeben wollten.

Da brach für einen kurzen Augenblick die Sonne durch und der Nebel lichtete sich.

„Dort vorne ist es!", rief Rudolf laut. „Seht ihr?"

Boynen sprang auf. „Na, dann los! Wir sind am Ziel!"

Als sie die Höhle betraten und mit ihren Fackeln hineinleuchteten, verschlug es ihnen fast den Atem: Vor ihnen stand eine riesige geöffnete Schatzkiste, die mit lauter Kostbarkeiten gefüllt war. Daneben lagen noch viele weitere Münzen, Ketten, Kronen, Teller und Becher, die alle aus reinem Gold waren. Von dem prächtigen Goldschmuck, der mit riesigen Diamanten und anderen wertvollen Edelsteinen verziert war, ganz zu schweigen!

„Der Schatz der Nebelberge!", flüsterte Rudolf hingerissen.

Vor lauter Begeisterung fielen sie sich gegenseitig in die Arme und machten Freudensprünge. „Der Schatz der Nebelberge! Wir haben ihn tatsächlich gefunden!"

Safira war zunächst ebenso ausgelassen und glücklich wie ihre Freunde. Doch dann verstummte sie plötzlich und ging ein Stück zur Seite.

Eigentlich machte sie sich gar nichts aus Schätzen. Es war ihr viel wichtiger, ihre Eltern wiederzufinden! Wenn Rudolf recht hatte, mussten sie irgendwo auf einer der umliegenden Inseln sein – vorausgesetzt, sie lebten noch. Und dafür betete Safira jeden Tag.

„Boynen, darf ich mal dein Fernrohr ausleihen?", bat sie.

„Klar! Aber mach es nicht kaputt."

Safira nahm das Fernrohr, verließ die Schatzhöhle und kletterte auf eine kleine Anhöhe. Dort setzte sie sich auf einen Felsen.

Ein leichter Wind kam auf und blies den Nebel fort. Und plötzlich bot sich Safira ein atemberaubender Blick aufs Meer.

Safira liebte das Meer, deshalb lächelte sie unwillkürlich. Aber dann sah sie noch etwas: eine idyllische grüne Insel, die gar nicht weit entfernt war.

Rasch hob sie das Fernrohr und schaute hindurch. Die Insel hatte, im Gegensatz zur Schatzinsel, keine Berge, sondern war völlig flach. Dank der enormen Vergrößerung des Fernrohrs konnte Safira sogar Einzelheiten erkennen: Große Palmen mit Kokosnüssen säumten den Strand der kleinen Insel. Außerdem gab es Orangenbäume, Bananenstauden und vieles andere mehr.

Als Safira das Innere der Insel betrachtete, stutzte sie. Was war das?

Auf einer Waldlichtung befand sich ein kleines Feld. Und am Rande des Feldes stand ein Blockhaus.

Safira ließ das Fernrohr sinken und dachte nach. Ein Blockhaus? Wer mochte darin wohnen? Und wer hatte es gebaut? Sicherlich kein Ureinwohner, denn die lebten, wie Rudolf erzählt hatte, in anderen Behausungen. Es musste sich also um Menschen aus einem anderen Teil der Welt handeln.

Als Safira das Fernrohr erneut ansetzte, sah sie aus dem Kamin des Blockhauses Rauch aufsteigen. Doch leider zog jetzt erneut Nebel auf und verdeckte ihr die Sicht.

Die Elfjährige überlegte, woran sie sich noch aus der Zeit mit ihren Eltern erinnern konnte. Das Bild ihrer Mutter, die in ihrem damaligen Zuhause den Kamin angefeuert hatte, erschien vor ihrem inneren Auge. Konnte es ... konnte es vielleicht sein, dass ihre Eltern auf dieser Insel lebten?

Safira war erst sechs Jahre alt gewesen, als sie von ihnen getrennt worden war. Doch manche Dinge waren ihr deutlich im Gedächtnis geblieben. War ihr Vater nicht ein begabter Zimmermann gewesen, der Holzhäuser bauen konnte? Er hätte doch bestimmt für sich und seine Frau ein Haus errichten können, nachdem der böse Geschäftsmann die beiden einfach ausgesetzt hatte.

Safira wusste, dass dieser Gedanke sehr verwegen war. Doch sie wünschte sich so sehr, dass es die Wahrheit war! Deshalb würde sie Boynen bitten, zu dieser Insel zu segeln. Und zwar, sobald sie wieder auf dem Schiff waren.

Nachdem Safira diesen Entschluss gefasst hatte, fühlte sie sich wieder besser. Sie kehrte in die Schatzhöhle zurück, wo die anderen bereits dabei waren, all die kostbaren Sachen auf einen Haufen zu legen.

Als sie damit fertig waren, fragte Rudolf: „Und wie bringen wir das alles jetzt auf unser Schiff?"

Seebär stöhnte, weil er an den langen Rückweg dachte.

Und Safira überlegte, wie sie an den Einheimischen vorbeikommen konnten, ohne dasselbe Schicksal zu erleiden wie Flynn und dessen Leute.

Da ließ Boynen grinsend die Katze aus dem Sack: „Ich habe vorgesorgt. Brummel und Seebär – ihr könnt jetzt eure großen Rucksäcke auspacken."

„Hast du etwa wieder einen Heißluftballon dabei?", fragte Safira neugierig.

Boynen schüttelte den Kopf. „Nein, der wäre wirklich zu sperrig gewesen. Aber ich habe etwas Ähnliches mitgenommen, etwas, was ich selbst erfunden habe."

Alle schauten ihn fragend an, worauf er fortfuhr: „Ich habe vor einigen Jahren große Mengen Seide von einem Mann geschenkt bekommen, dem ich das Leben gerettet hatte. Dieser Mann kam aus Asien, und er hat darauf bestanden, dass ich dieses Geschenk annehme. Damals wusste ich noch gar nicht, wie wertvoll dieser Stoff ist. Das habe ich erst hinterher herausgefunden.

Ich habe lange überlegt, was man damit machen könnte. Und dann kam mir eine Idee, wofür sich dieses robuste und ungewöhnlich leichte Gewebe eignen könnte. Also, los! Packt meine neueste Erfindung aus!"

Interessiert leerten Brummel und Seebär ihre Rucksäcke. Aber gleich darauf blickten sie Boynen verständnislos an. „Was ist das?", erkundigte sich Seebär.

„Das sind Gleitschirme! Und mit Gleitschirmen kann man von einem Berg heruntersegeln."

„Kannst du uns das genauer erklären?", bat Rudolf.

„Natürlich! Wisst ihr, wir sind hier ja sehr weit oben. Und mit diesen Gleitschirmen werden wir durch die Luft nach unten fliegen."

„Bist du sicher, dass das wirklich funktioniert?", fragte Brummel stirnrunzelnd.

„Ganz sicher – keine Sorge! Aber bevor wir uns damit von den Nebelbergen in die Tiefe stürzen, solltet ihr alle noch ein wenig üben. Ihr müsst lernen, die Schirme zu steuern."

Boynen half jedem dabei, die Gurte der Gleitschirme richtig anzulegen. Dann stiegen sie auf die kleine Anhöhe und machten die ersten Flugversuche ihres Lebens. Am Anfang hatten sie noch große Mühe. Doch dann ging es immer besser, und es gelang ihnen tatsächlich, diese erstaunlichen Fluggeräte zu kontrollieren.

„Eine geniale Erfindung!", lobte Rudolf. „Warum stellst du nicht noch mehr Gleitschirme her und verkaufst sie in alle Welt? Du könntest damit ein Vermögen verdienen."

Boynen zuckte mit den Schultern. „Erstens bin ich Kapitän eines Schiffes und kein Stoffhändler."

„Und zweitens?", fragte Safira.

„Ich weiß nicht. Irgendein Grund wird mir sicherlich noch einfallen", lachte Boynen, der einfach keine Lust hatte, für andere Leute Gleitschirme anzufertigen. „Ich bräuchte dazu ja noch viel mehr Seide und habe keine Ahnung, wo ich sie herbekommen könnte. Also lasse ich das lieber und kümmere mich stattdessen darum, ein guter Kapitän zu sein."

„Schade", sagte Rudolf. „Aber du hast recht. Es ist viel spannender, mit der *Esmeralda* durch die Welt zu segeln und Abenteuer zu erleben."

„Genau", bestätigte Boynen. „Und jetzt sollten wir uns für den Flug nach unten bereit machen. Den Schatz verteilen wir noch auf alle unsere Rucksäcke. So kann jeder von uns einen Teil der Wertsachen an sich nehmen und damit den Berg hinuntersegeln."

„Gute Idee, Boynen", meinte Brummel und die anderen nickten.

Nachdem sie alles gut verstaut hatten, machten sich die fünf Abenteurer startklar. Und wenig später schwebten vier Gleitschirme hinab zu der Stelle, von der sie aufgebrochen waren.

Während Boynen und Safira genau dort landeten, wo sie hinwollten, kam Seebär ein Stück von ihnen entfernt herunter. Rudolf hingegen erreichte den Strand nicht sofort, sondern fand sich im Meer wieder. Doch glücklicherweise gelang es ihm rasch, den Gurt des Gleitschirms zu lösen und ans Ufer zu schwimmen.

Aber wo war Brummel?

Die anderen wunderten sich sehr, dass sie ihn nirgends entdecken konnten. Stattdessen sahen sie etwas, was sie sehr beunruhigte: Ein Segelschiff kam auf den Strand zu.

Und es war nicht die *Esmeralda,* sondern ein Piratenschiff.

17. Dinge werden geradegerückt

Opa Abraham brach ab und schaute auf die Uhr. „Wie es weitergeht, erfahren wir dann morgen. Es ist Zeit fürs Abendessen."

Dagegen hatte niemand etwas einzuwenden, weil alle Hunger hatten.

„Und warum lesen wir nicht nach dem Essen weiter?", fragte Lenny.

„Weil Oma Sarah und ich heute früh nach Hause fahren wollen. Wir kommen aber morgen wieder zu euch."

Annes Herz begann, heftig zu klopfen. Sie hatte sich doch vorgenommen, ihrer Mutter alles zu sagen, sobald die Geschichte für heute zu Ende war. Und jetzt war sie so aufgeregt, dass sie nicht wusste, ob sie es schaffen würde.

„Bitte, lieber Gott, hilf mir doch!", betete sie im Stillen.

Als die Großeltern fort waren, ging Anne auf Mama zu. „Mama, ich ... ich muss dir etwas sagen ...", stotterte sie.

Mama schaute sie forschend an. „Nur zu!", sagte sie freundlich.

Anne holte tief Luft, bevor alles aus ihr herausplatzte. Sie erzählte, wie es zu dem Missgeschick gekommen war – dass es eigentlich keine böse Absicht gewesen war.

Aber dann hatte sie sich nicht getraut, ihren Fehler einzugestehen, sondern sich große Mühe gegeben, ihn zu verheimlichen. „Es tut mir so leid, Mama", schloss sie schluchzend. „Ich weiß jetzt, wie wichtig dir diese Vase war. Wie kann ich das nur wiedergutmachen?"

Anstatt zu schimpfen, wie Anne erwartet hatte, erwiderte Mama leise: „Es ist gut, dass du es mir gesagt hast, mein Schatz. Ich habe heute nämlich die kaputte Vase in der Mülltonne entdeckt und mich gefragt, wer dafür verantwortlich ist. Und da dachte ich schon, dass du das gewesen sein könntest."

Sie seufzte. „Ich bin natürlich traurig, dass die schöne Vase kaputt ist. Aber ich verzeihe dir." Dann gab sie Anne einen Kuss auf die Wange. „Sag es in Zukunft lieber gleich, wenn du etwas angestellt hast, okay?"

„Ja, das will ich tun", versprach Anne, während sie erleichtert aufatmete.

Als sie an diesem Abend ins Bett ging, fühlte sie sich viel besser. Sie hatte ihren Fehler endlich zugegeben. Und Mama hatte ihr verziehen.

Als Lenny und Anne am nächsten Morgen das Schulgelände betraten, sahen sie dort zu ihrer Überraschung Opa Abraham. Er stand bei Lennys Klassenlehrerin, Frau Rieping, und unterhielt sich mit ihr.

„Nanu! Was macht denn Opa Abraham hier an unserer Schule?", murmelte Anne neugierig.

Lenny sagte nichts. Denn er ahnte bereits, warum sein Großvater da war.

Wenig später begann die Mathestunde mit Frau Laser. Da öffnete sich die Klassenzimmertür und Frau Rieping schaute herein. Lächelnd winkte sie zu Lenny herüber. „Lenny, kannst du mal kurz mit mir mitkommen?"

Etwas verlegen stand er auf und folgte seiner Klassenlehrerin in ein Gesprächszimmer. Dort saß auch schon Opa Abraham. „Guten Morgen, Lenny. Ich bin hier, um das einzulösen, was ich dir versprochen habe", sagte er.

Frau Rieping nickte. „Ja, dein Opa hat mir berichtet, wie schlecht es dir in der Klasse ergangen ist, seitdem du hier bist. Es tut mir sehr leid, Lenny, dass du so etwas erleben musstest. Aber es ist gut, dass die Sache jetzt endlich zur Sprache kommt. Denn dadurch kann ich nun auch etwas unternehmen. Aber erzähl mir bitte genau, was alles vorgefallen ist."

Wie schon zuvor im Gespräch mit Opa Abraham berichtete Lenny nun jede Einzelheit. Er schloss mit den Worten: „Und ich weiß überhaupt nicht, warum mich niemand in der Klasse mag. Ich habe doch keinem etwas getan."

Frau Rieping, die sich sorgfältig Notizen gemacht hatte, schaute ihn verständnisvoll an. „Das alles wird aufhören, Lenny, das verspreche ich dir. Ich werde mich persönlich dafür einsetzen, dass du nicht länger gemobbt wirst. Und ich denke, dass du dich in der Klasse bald sehr wohlfühlen wirst."

Lenny fiel ein Stein vom Herzen. Denn er spürte, dass seine Lehrerin es wirklich ernst meinte. Sie würde ihm helfen.

Frau Rieping ließ ihren Worten auch sofort Taten folgen. Sie knöpfte sich jeden einzelnen der Jungs vor, die Lenny gemobbt hatten, und redete ihnen ins Gewissen.

Anschließend sprach sie mit der ganzen Klasse darüber, wie wichtig es sei, niemanden auszuschließen. „In jeder Gruppe – ob in der Schule, bei der Arbeit oder in einem Verein – wollen manche gern den Ton angeben", erklärte sie. „Solche Leute fühlen sich stark, wenn sie andere einschüchtern können.

Das klappt aber nur, wenn alle Übrigen mitmachen. Deshalb denkt immer daran, dass es auf jeden Einzelnen ankommt – auch auf euch selbst! Lasst euch von niemandem dazu überreden, andere auszugrenzen. Sondern setzt euch für eure Mitmenschen ein. Dazu gehört Mut, aber ich traue das jedem von euch zu!", erklärte sie voller Überzeugung.

Zu Lennys großer Freude änderte sich danach einiges für ihn. Gleich nach der Stunde kamen mehrere Klassenkameraden auf ihn zu und redeten mit ihm. Und in der Pause sorgten sie dafür, dass er bei den gemeinsamen Spielen dabei war.

Sogar die nette Lilly trat zu ihm und entschuldigte sich dafür, dass sie ihn auf der Schlittschuhbahn alleingelassen hatte. „Tut mir leid", sagte sie, wobei sie ein wenig rot wurde. „Ich hätte gar nicht auf Moritz, Carsten und Jochen hören sollen. Die sind ja kindisch! Das nächste Mal fahren wir wieder zusammen, okay?"

Lenny nickte strahlend.

Als er von der Schule zurückkehrte, kam ihm sofort Opa Abraham entgegen. „Na, wie war's?"

„Richtig gut", erwiderte Lenny vergnügt und erzählte ihm, was an diesem Tag alles passiert war.

Opa Abraham atmete erleichtert auf. „Da bin ich aber froh. Ich habe den ganzen Morgen für dich gebetet."

„Danke!", sagte Lenny.

Beim Mittagessen erzählte er auch den anderen, wie es ihm in den letzten Tagen in der Schule ergangen war.

Mama und Papa waren sehr betroffen, als sie von Lennys Problemen erfuhren. „Du hättest uns das ruhig sagen können. Das weißt du doch, oder?", meinte Mama bedrückt.

„Wir hätten dir gerne geholfen", erklärte nun auch Papa, während er seinen Sohn eindringlich ansah.

„Klar, aber Opa Abraham war eben schneller als ihr", konterte Lenny halb im Scherz, halb im Ernst. „Jedenfalls bin ich froh, dass es jetzt anders geworden ist."

Darüber freute sich die ganze Familie mit ihm.

Schließlich kramte Opa Abraham das Logbuch hervor. „Und nun sollten wir weiterlesen. Ich bin schon total gespannt, wie die Geschichte ausgeht."

„Wir auch!", riefen die anderen im Chor.

18. AUF MESSERS SCHNEIDE

Safira, die gerade einige Ketten und Ringe aus ihrem Rucksack holte, hatte das herannahende Piratenschiff noch nicht bemerkt. Zufrieden betrachtete sie den herrlichen Schmuck, der im Sonnenlicht glitzerte.

„Wir bekommen Besuch!", zischte nun Käpten Sturm.

Safira erschrak und schaute aufs Meer hinaus. Da entdeckte sie das Piratenschiff, das unaufhaltsam auf sie zukam. Hilfe suchend blickte sie zu Käpten Sturm hinüber.

Doch der wusste auch keinen Rat. Er hatte automatisch seinen Degen gezogen. Aber ihm war klar, dass er damit gegen die Übermacht der Piraten nichts ausrichten konnte.

Als er nun durch sein Fernrohr schaute, begriff er außerdem, mit wem sie es zu tun hatten: An Deck des Schiffes stand der Schwarze Pirat höchstpersönlich.

Auf dem Schiff blickte auch der Schwarze Pirat durch sein Fernrohr auf den Strand. Was er dort sah, ließ sein Herz höherschlagen: Das war zweifellos Käpten Sturm, mit dem er ja noch ein Hühnchen zu rupfen hatte. Neben ihm stand ein Mädchen und in diesem Moment gesellten sich noch zwei Matrosen hinzu.

Der Schwarze Pirat schaute noch genauer hin und entdeckte den Schmuck, den Safira gerade betrachtet hatte. Das musste ein Teil des Schatzes sein – keine Frage! Der Rest steckte vermutlich in den Rucksäcken der Männer. Jetzt musste er also nur noch zuschlagen und alles an sich nehmen.

Er fing an zu lachen und ballte triumphierend die Faust. Dann rief er seiner Mannschaft zu: „Der Schatz der Nebelberge gehört uns! Holen wir ihn!"

Seine Leute jubelten und freuten sich schon darauf, Käpten Sturm endlich in die Finger zu bekommen.

Dabei bemerkte keiner von ihnen, was sich hinter ihrem Rücken abspielte.

Inzwischen hatten sich nämlich zwei andere Schiffe genähert, die plötzlich mit ihren Kanonen auf das Piratenschiff feuerten.

Es wurde sofort schwer beschädigt: Alle drei Masten wurden getroffen und knickten um. Und im Rumpf des Schiffes klaffte ein riesiges Loch.

Die am Strand Stehenden trauten ihren Augen nicht. Was passierte da eigentlich? Wer kam ihnen gegen den Schwarzen Piraten zu Hilfe?

Käpten Sturm erkannte sofort sein eigenes Schiff, die *Esmeralda.* Doch woher kam das zweite? Auf dem Bug las er die Aufschrift: *Marina.*

Durchs Fernrohr sah er auch die Besatzung ... und ganz deutlich ein bekanntes Gesicht.

Völlig verblüfft ließ er das Fernrohr sinken. Denn an Deck der *Marina* stand ein Mann, den er bei seinem letzten Abenteuer kennengelernt hatte. Sein Spitzname lautete: der Grüne Pirat.

Er war allerdings kein echter Pirat, sondern wurde nur so genannt. Die meisten Leute wussten nämlich nicht, dass er mutig gegen die Sklaverei kämpfte. Für Käpten Sturm war er deshalb sogar ein wahrer Held.

Aber was hatte der Grüne Pirat hier am anderen Ende der Welt zu suchen?

Inzwischen liefen die Männer des Schwarzen Piraten ziellos auf ihrem Schiff umher. Keiner von ihnen begriff, was los war.

Und schon gaben die beiden anderen Schiffe das zweite Mal eine volle Breitseite auf das Piratenschiff ab.

Es wurde so schwer getroffen, dass es im Nu zu sinken anfing. Der Schwarze Pirat und seine Männer erkannten, dass ihr Schiff verloren war. Sie sprangen über Bord und schwammen zu einem etwas weiter entfernten Ufer hinüber.

Doch wenn sie gedacht hatten, sie seien dort in Sicherheit, so hatten sie sich getäuscht. Denn als sie das Ufer erreichten, wurden sie sofort von ein paar Einheimischen angegriffen. Diese feuerten Pfeile auf sie ab und brachten die Piraten so schwer in Bedrängnis, dass sie in den Dschungel fliehen mussten. Die Einheimischen jagten ihnen rasch hinterher.

Käpten Sturm konnte es nicht glauben. Die Gefahr hatte sich buchstäblich in Luft aufgelöst! Dankbar winkte er seinen Leuten auf der *Esmeralda* sowie dem Grünen Piraten und dessen Männern zu.

Doch wer war eigentlich der kräftige Mann, der neben dem Grünen Piraten stand? Irgendwie kam er Käpten Sturm bekannt vor.

Dann ging ihm ein Licht auf: Es war Brummel. Was hatte Brummel auf dem Schiff des Grünen Piraten zu suchen? Wie war er dorthin gekommen?

Brummel hatte seinen Gleitschirm von Anfang an falsch gesteuert, sodass er nicht in dieselbe Richtung wie die anderen gesegelt war. Statt den Strand der Insel zu erreichen, war er aufs Meer hinausgetrieben. Die Lage schien hoffnungslos zu sein.

Doch dann war ihm tatsächlich das schier unglaubliche Kunststück gelungen, direkt auf der *Marina* zu landen, die ihm im richtigen Augenblick entgegengekommen war.

Grinsend wandte er sich nun an den Grünen Piraten: „Gut gemacht! Denen habt ihr das Schiff buchstäblich unter dem Hintern weggeschossen. Und vielen Dank, dass ihr mich vorhin nicht sofort wieder ins Wasser geworfen habt."

Der Grüne Pirat musste lachen. „Warum sollte ich? Du bist der komischste Vogel, der mir jemals zugeflogen ist. Wie hast du es bloß geschafft, durch die Luft zu segeln?"

„Mit einem Gleitschirm, den dieser Mann dort erfunden hat: Käpten Sturm." Er zeigte auf Boynen, der mit Seebär, Safira und Rudolf immer noch am Strand stand.

Einige Zeit später war der Schatz verladen und zwei Schiffe fuhren aufs offene Meer hinaus: die *Esmeralda* und die *Marina.*

Der Grüne Pirat stand jetzt allerdings neben Käpten Sturm an Deck der *Esmeralda.* „Es tut mir immer noch leid, dass ich damals versehentlich dein Schiff gekapert habe. Und ich bin dir sehr dankbar, dass du es mir nicht krummgenommen hast", sagte er. „Seitdem hatte ich immer den Wunsch, dich wiederzusehen und meinen Fehler wieder auszubügeln."

Käpten Sturm lächelte. „Das ist dir ja heute sehr gut gelungen. Aber ich verstehe immer noch nicht: Wie kam es dazu, dass du hier bist und mit meinen Leuten zusammen das Schiff des Schwarzen Piraten versenkt hast?"

Der Grüne Pirat schlug ihm kameradschaftlich auf die Schulter. „Das kann ich dir erklären. Der Schwarze Pirat ist einer meiner größten Feinde, denn er arbeitet eng mit einigen Sklavenhändlern zusammen. Ich bin schon seit Jahren hinter ihm her. Vor ein paar Wochen ist er dann mit seinem Schiff an meiner Heimat, den Kanarischen Inseln, vorbeigesegelt. Auf so etwas hatte ich schon lange gewartet. Und deshalb bin ich ihm sofort gefolgt."

„Erzähl weiter!"

„Bei der Verfolgung bin ich gestern zufällig auf die *Esmeralda* gestoßen. Deine Matrosen haben mich zunächst für einen Feind gehalten, dann aber doch an Bord gelassen. Dort habe ich sie vor dem Schwarzen Piraten gewarnt. Daraufhin haben wir gemeinsam ausgeheckt, wie wir ihn angreifen und besiegen können."

„Was euch auch vorzüglich gelungen ist. Das war das geschickteste Überraschungsmanöver, das ich je gesehen habe!", lobte Käpten Sturm sein Gegenüber.

„Danke! Ich bin froh, dass ich etwas für euch tun konnte, denn ich stand tief in deiner Schuld. Aber ich denke, jetzt sind wir quitt."

Käpten Sturm schüttelte lächelnd den Kopf. „Nein, noch nicht ganz."

Er nahm zwei Beutel mit Goldmünzen und gab sie dem Grünen Piraten. „Das ist für dich und deine Leute."

„Aber das ist doch nicht nötig", widersprach dieser höflich.

„Doch! Ich bin sicher, ihr könnt das in eurem Kampf gegen die Sklaverei gut gebrauchen. Und ich bin dir sehr dankbar für das, was du heute für uns getan hast. Du hast uns das Leben gerettet."

„Keine Ursache", grinste der Grüne Pirat. „Bei Gelegenheit gerne wieder!"

Kurz darauf verabschiedeten sie sich voneinander und der Grüne Pirat kehrte auf sein Schiff zurück. Von dort aus winkte er noch einmal herüber. „Gute Fahrt!"

„Gleichfalls", antworteten ihm Käpten Sturm und die Mannschaft der *Esmeralda*. „Auf Wiedersehen!"

Dann wandte sich Käpten Sturm zufrieden an seine Leute: „Und jetzt geht es ab nach Hause."

Er wollte sich schon umdrehen und mit Aurora zusammen seine Kapitänskajüte betreten. Doch da kam Safira auf ihn zu und schaute ihn herausfordernd an. „Halt!"

Alle starrten verwundert auf die junge Zirkusartistin, die ungewöhnlich energisch wirkte.

„Hast du nicht etwas Wichtiges vergessen?", fragte Safira streng.

Käpten Sturm zuckte mit den Schultern. „Was denn? Sag es mir!"

Kiki, die auf Safiras Schulter saß, legte den Kopf schräg und krächzte: „Sag es ihm, sag es ihm!"

„Du hast den Schatz der Nebelberge gefunden, und zwar mithilfe der Schatzkarte meines Großvaters. Und jetzt erwarte ich von dir, dass du mir ebenfalls einen Gefallen tust."

Boynen staunte insgeheim über Safiras Entschlossenheit und war sofort einverstanden. „Gerne, was soll ich für dich tun?"

Da erzählte Safira von der kleinen Insel, die sie von den Nebelbergen aus gesehen hatte, und schloss mit den Worten: „Du hältst mich jetzt vielleicht für eine Spinnerin. Aber bitte – lass uns zu dieser Insel segeln und nachschauen, wer in diesem Blockhaus wohnt. Danach lasse ich dich in Ruhe."

„Aber selbstverständlich erfülle ich dir diese Bitte, Safira, und noch viele mehr, wenn es nötig ist. Ich wäre sogar bereit, mit dir um die ganze Welt zu segeln, wenn wir dadurch deine Eltern wiederfinden würden."

Die Bewohner des Blockhauses, ein sympathisches junges Ehepaar, saßen sich am Esstisch gegenüber.

Riccardo blickte zu seiner Frau hinüber. „Jetzt sind wir schon mehrere Jahre auf dieser Insel am Ende der Welt. Und ich habe es bis heute nicht geschafft, irgendein vorbeifahrendes Schiff auf uns aufmerksam zu machen. Ich komme mir wie ein Versager vor."

Sarah fasste liebevoll nach seiner Hand. „Aber dafür kannst du doch nichts, Riccardo. Die vorbeifahrenden Schiffe waren viel zu weit entfernt, als dass sie uns bemerken konnten. Wir sollten vielmehr dankbar sein, dass es uns so gut geht. Stell dir vor, was passiert wäre, wenn uns dieser Schuft auf der Nachbarinsel abgesetzt hätte."

Riccardo nickte. „Nicht auszudenken – wir würden wahrscheinlich nicht mehr leben. Aber trotzdem: Ich würde dir gerne mehr bieten als das bescheidene Leben auf einer einsamen Insel."

Nun stand Sarah auf, ging um den Tisch herum und gab ihm einen Kuss auf die Wange. „Aber du hast mir doch schon so viel gegeben, Riccardo. Du hast für uns beide ein wunderbares Blockhaus gebaut. Und gemeinsam haben wir sogar Felder angelegt und das Beste aus allem gemacht. Außerdem gibt es auf dieser Insel Kokospalmen, Bananenstauden und Orangenbäume. Sie ist wie ein kleines Paradies, Riccardo. Wir sollten Gott sehr dankbar sein für das, was wir haben."

Die junge Frau hielt inne und blickte wehmütig in das Feuer, das im Kamin brannte. „Nur muss ich ständig an Safira denken."

„Ja, ich ebenfalls", sagte Riccardo traurig. „Hoffentlich geht es ihr gut."

„Ich träume immer wieder von ihr. Stell dir vor – heute Nacht stand sie in meinem Traum plötzlich vor uns, einfach so." Sarah fing an zu weinen.

In diesem Moment hörten die beiden ein lautes Klopfen. Dann öffnete sich die Tür. Ein Mädchen mit rötlich braunen Haaren, die zu zwei Zöpfen geflochten waren, trat ein.

Riccardo und Sarah Alminetti schauten wie versteinert auf diesen unerwarteten Gast.

„Mama? Papa? Seid ihr es wirklich? Ich bin Safira, eure Tochter. Kennt ihr mich noch?"

Die beiden konnten zunächst gar nicht antworten, so groß war ihre Überraschung. Sie starrten Safira an, als ob sie einen Geist sehen würden. Das konnte doch nicht wahr sein, oder? Bestimmt träumten sie nur!

Auch Safira konnte es kaum fassen, obwohl sie ihre Eltern sofort wiedererkannt hatte: Dort am Kamin waren ... ihre Mutter und ihr Vater, Sarah und Riccardo Alminetti! Sie hatte sich so lange nach diesem Moment gesehnt, dass ihr jetzt alles völlig unwirklich erschien.

Doch dann lösten sich alle drei aus ihrer Erstarrung. Riccardo und Sarah stürmten auf ihre Tochter zu, nahmen sie liebevoll in die Arme und küssten sie.

„Safira, mein Schatz! Wo kommst du denn her?", schluchzte Sarah.

Auch Riccardo ließ seinen Freudentränen freien Lauf. Dabei schüttelte er mehrmals ungläubig den Kopf. „Safira! Wie ist es möglich ...?"

Und Safira selbst? Auch sie war völlig überwältigt. Endlich erfüllte sich, wovon sie in den letzten Jahren immer geträumt und was sie so sehnlich erhofft hatte: Sie hatte ihre Eltern wiedergefunden.

Ja, jetzt war alles gut.

Safira strahlte übers ganze Gesicht. Und ihr wurde schwindelig vor Glück bei dem Gedanken, dass sie jetzt mit ihren Eltern zusammen auf Käpten Sturms *Esmeralda* die Heimreise antreten würde.

Unterdessen standen Käpten Wilbert Boynen Sturm und Aurora von Waldmünde Hand in Hand in der Tür und beobachteten Safira und ihre Eltern in dem wohl glücklichsten Moment ihres Lebens.

Aurora wandte sich Boynen zu und blickte ihm tief in die Augen. „Für diese drei ist ihr schönster Traum Wirklichkeit geworden. Weißt du eigentlich, wovon *ich* träume, Boynen?"

Er nickte. „Ja, Aurora, und ich glaube, wir haben beide genau denselben Traum."

MÖCHTEST DU MEHR VON KÄPTEN STURM LESEN?

Du darfst gespannt sein:
Im September 2022 erscheint ein ganz besonderer Band, in dem du … aber das wird jetzt nicht verraten.
Ab April 2022 findest du alle Infos unter www.scm-shop.de

SAMMLE ALLE ABENTEUER ...

BAND 1

Lenny und Anne leben mit ihren Eltern in einem alten Schmugglerhaus. Beim Erforschen der unzähligen Verstecke und Geheimgänge des Hauses finden sie nach und nach immer mehr Logbücher von Käpten Sturm. Als sie zu lesen beginnen, werden sie in den Bann seines ersten Abenteuers gezogen ...

Aurora, die Tochter des Grafen, wurde entführt! Und das von keinem Geringeren als dem berüchtigten Schwarzen Piraten. Es heißt, seine Festung sei uneinnehmbar und er habe mehr als tausend Männer auf seiner Seite. Doch Käpten Sturm kann Unrecht nicht dulden. Und so sticht er mit seiner Mannschaft in See und stellt sich der Gefahr ...

Daniel Kowalsky
**Käpten Sturm –
Die geheimnisvollen
Logbücher**

Gebunden, 176 S.
ISBN: 978-3-417-28914-5
Bestell-Nr. 228.914

... VON KÄPTEN STURM!

BAND 2

Was soll Lenny bloß tun? Seine Klassenkameraden machen ihm das Leben richtig schwer. Zur Schule zu gehen, ist eine Qual. Wie gut, dass Anne zu ihm hält! Zusammen entdecken die Geschwister weitere Teile der Logbücher von Käpten Sturm ...

Die Gräfin schwebt in Lebensgefahr! Hilfe gegen ihre Krankheit verspricht eine Heilpflanze, die im brasilianischen Regenwald zu finden ist. Käpten Sturm sticht mit seiner Mannschaft in See – doch auf dem Weg nach Brasilien lauern viele Gefahren. Nicht zuletzt stellt sich der Grüne Pirat den Seefahrern entgegen. Kann die Gräfin rechtzeitig gerettet werden?

Daniel Kowalsky
**Käpten Sturm –
Die Suche nach
der Wunderblume**

Gebunden, 176 S.
ISBN 978-3-417-28921-3
Bestell-Nr. 228.921

SCM

BEN & LASSE

sind echt klasse!

Kennst du schon Ben und Lasse, die beiden Brüder, die spannende Agenten-Abenteuer erleben? Ihre Geschichten stammen aus der Feder von Harry Voß.

Jeden Fall von Ben & Lasse gibt es als Buch und als Hörbuch!

Ben & Lasse – Agenten mit zu großer Klappe
ISBN 978-3-417-28763-9

Ben & Lasse – Agenten ohne heiße Spur
ISBN 978-3-417-28774-5

Ben & Lasse – Agenten außer Rand und Band
ISBN 978-3-417-28787-5

Ben & Lasse – Agenten hinter Schloss und Riegel
ISBN 978-3-417-28814-8

Ben & Lasse – Agenten als Piratenbeute
ISBN 978-3-417-28854-5

Ben & Lasse – Agenten sitzen in der Falle
ISBN 978-3-417-28933-6